國家古籍整理出版專項經費資助項目

唐宋史料筆記叢刊

大唐傳載（外三種）

羅寧 點校

中華書局

圖書在版編目(CIP)數據

大唐傳載:外三種/羅寧點校. —北京:中華書局,2019.2
(2025.1 重印)
(唐宋史料筆記叢刊)
ISBN 978-7-101-13659-3

Ⅰ.大… Ⅱ.羅… Ⅲ.筆記小説-小説集-中國-唐代
Ⅳ.I242.1

中國版本圖書館 CIP 數據核字(2019)第 009102 號

責任編輯:胡　珂
責任印製:陳麗娜

唐宋史料筆記叢刊

大唐傳載(外三種)

不著撰人 〔唐〕張　固
〔唐〕李　濬 〔唐〕李　綽 撰
羅　寧點校

*

中 華 書 局 出 版 發 行
(北京市豐臺區太平橋西里 38 號 100073)
http://www.zhbc.com.cn
E-mail:zhbc@zhbc.com.cn
北京新華印刷有限公司印刷

*

850×1168 毫米 1/32 · 5¾印張 · 2 插頁 · 117 千字
2019 年 2 月第 1 版 2025 年 1 月第 3 次印刷
印數:5001-5900 册 定價:24.00 元

ISBN 978-7-101-13659-3

目録

大唐傳載

不著撰人
羅寧　點校

前言

大唐傳載原名傳載，見於崇文總目、新唐書藝文志、遂初堂書目、宋史藝文志等書目著録，書名均作傳載，與今傳本自序所述相合。但類説卷四十五收録此書，稱大唐傳載，蓋宋代已出現改題之本。此後元明書目中不見其書之記載，大概流傳不廣，而清人書目著録較多，均稱大唐傳載。

大唐傳載的作者和寫作時間，一直是懸而未決的問題。該書不題撰人姓名，宋代書目亦未曾著録撰者。但苕溪漁隱叢話後集卷二引于競大唐傳記「湖州德清縣南前溪村」事，正見於本書（第九十二條）。南宋吴興志卷十八亦引于競大唐傳此事。杜工部草堂詩箋卷七遺興五首之三云：「府中羅舊尹，沙道尚依然。赫赫蕭京兆，今爲時所憐。」蔡夢弼注引于競大唐傳云：「天寶三年，因蕭京兆炅奏，於要路築甬道，載沙實之，屬于朝堂。」也見於本書（第六十二條）。看來宋人曾以本書屬于競。晚唐五代時有于兢，字德源，于珪之子（新唐書宰相世系表），乾寧五年（八九八）時爲起居舍人（王定保唐摭言卷八通榜，名寫作于競），天祐四年（九〇七）以禮部侍郎知貢舉（孟二冬登科記考補正），開平二年（九〇八）以吏部侍郎爲中書侍郎、平章事（舊五代史梁太祖紀）。大唐傳載自序説：

「八年夏，南行極嶺嶠，暇日瀧舟，傳其所聞而載之，故曰『傳載』。」這裏的「八年」，嚴傑考證認爲是大和八年(八三四)，並懷疑作者是時任康州(今廣東德慶)刺史的韋瓘〔一〕，周勛初也採納了這個觀點〔二〕。陶敏認爲，「八年」可能是指大中八年(八五四)或咸通八年(八六七)，于兢可能就是本書的作者〔三〕。但是，本書中除提到「禮部劉尚書禹錫」是會昌元年(八四一)之事外，别無大和八年之後的事，而全書無一語涉及晚唐人事，不像出自晚唐人的手筆。嚴傑解釋「禮部劉尚書禹錫」，原來應作「禮部劉郎中禹錫」，是後人據其終官改過的，這個推測可以成立。

四庫全書總目説本書「録唐公卿事跡言論頗詳，多爲史所採用」，確實如此，如杜兼聚書至萬卷、陽城以木枕布衾質錢、陸績爲鬱林郡守罷歸載鬱林石、李勉葬書生、獨孤及得眼疾、魏元忠謁張憬藏、漢中王瑀聞人吹笛等，皆爲宋人取入新唐書。值得一提的是，書中不少故事原本就來自當時的國史，並非得自傳聞。如陽城未嘗有所蓄積、贊普鑄金郝玭、唐臨性寬仁、唐皎請以冬時大集、徐有功爲政寬仁、顏真卿爲監察御史決五原冤獄等，文字與舊唐書的相關記載很接近，應是來自當時所見的國史。唐人小説中頗有雜鈔唐國史的，大唐新語、譚賓録是其中的代表，而本書亦用此法。此外大唐傳載中還有很多故事，可以與史書以及小説、傳記等文獻相印證，就不一一舉例了。總體來説，大唐傳載内容的可信度很高，具有較高的史料價值。

大唐傳載今無宋元時期的傳本，僅有數種明清鈔本和刻本存世。本書在明代僅靠鈔本傳世，清代則有四庫全書鈔本（簡稱四庫本）以及唐人説薈、唐代叢書、守山閣叢書等叢書本。唐人説薈、唐代叢書本内容不完整，守山閣叢書本經過錢熙祚校勘，質量較高。國家圖書館藏有三個鈔本。其中明鈔本二種，二本内容、行格、字體完全相同，且於「五臺山北臺下有青龍池」一條（第一百三十四條）均有兩則批語，文字亦同。批語稱「丙戌三月記」，疑爲順治三年（一六四六）。這兩個鈔本一有季振宜（滄葦）印和錢天樹印，一有「海虞陵秋家藏」印和鐵琴銅劍樓印，可稱作明鈔甲本和明鈔乙本。另一爲清順治四年孫明志鈔本，有孫明志校并跋，跋云：「丁亥四月，假馮己蒼本寫。内多差訛，未盡校正也。明志識。」後又補「是月十四讀一過」七字。丁亥即順治四年（一六四七）。這是據晚明馮舒（己蒼）的版本抄寫的。上述三個鈔本的文字與四庫本和守山閣叢書本多有不同，校勘價值頗高。

本書校勘，以守山閣叢書本爲底本，以文淵閣四庫本、文津閣四庫本、明鈔甲本、明鈔乙本、孫明志鈔本（簡稱孫鈔本）爲校本，同時參校了太平廣記、南部新書、唐語林、類説、唐詩紀事等書中引録本書的條文。另外，本書第一百二十一條至一百二十六條，文字出自隋唐嘉話，也據以參校。凡底本文字有誤之處，正文中均改正，並於校勘記中説明。底本之異體字、異形字、避諱字等，均直接改爲通行字，不另出校。校本中遇有價值之異文，在校勘記中列出。爲方便使用，本書在各條文字的前面加上了數字序號。後面附有部分著録和題跋，以供讀者參考。

點校者

二〇一八年六月

注釋

〔一〕嚴傑大唐傳載考，古籍整理研究學刊，一九九〇年第五期，又載嚴傑唐五代筆記考論，中華書局，二〇〇八年。

〔二〕周勛初唐代筆記小説敘録大唐傳載，周勛初文集第五卷，江蘇古籍出版社，二〇〇〇年。

〔三〕陶敏全唐五代筆記第三册大唐傳載書前介紹，三秦出版社，二〇一二年。

大唐傳載

書云：「不有博奕者乎？猶賢乎已。」斯聖人疾夫飽食而怠惰之深也。又曰：「吾不試，故藝。」試，用也。夫藝者，不獨總多能，第以其無用於代，而窮愁時有所述耳。八年夏，南行極嶺嶠，暇日瀧舟，傳其所聞而載之，故曰「傳載」。雖小說，或有可觀，覽之而喁而笑焉。

1 杜河南兼，常聚書至萬卷，每卷後必有自題云：「清俸寫來手自校〔一〕，汝曹讀之知聖道，墜之鬻之爲不孝〔二〕。」

2 陽道州城之爲朝士也，家苦貧，常以木枕布衾質錢數萬，人争取之〔三〕。

3 蘇州開元寺東有陸氏世居，門臨河涘，有巨石塊立焉。乃吴陸績爲鬱林郡守，罷秩，泛海而歸，不載寶貨，舟輕，用此石重之。人號「鬱林石」。陸氏自績及裔孫，國朝太子少保究公，猶保其居。今子孫漸削，其居十不存一焉。

4費縣西漏澤者，漫十數里，每時雨降〔四〕，即泛溢自滿，蒲魚之利，人實賴焉。至白露應節前後，一夕即一空如掃焉〔五〕，信殊異也。

5李忠公之爲相也，政事堂有會食之牀。吏人相傳，移之則宰臣罷，不遷者五十年。公曰：「朝夕論道之所，豈可使朽蠹之物穢而不除。俗言拘忌，何足聽也！以此獲免，余之願焉。」命撤而焚〔六〕，其下鏟去聚壤十四畚。議者稱正焉。

6杜太保宣簡公〔七〕，大曆中，有故人遺黄金百兩。後三十年爲淮南節度使，其子投公，取其黄金還，緘封如故。

7趙郡三祖〔八〕，元和中，每房一人，同時爲相，皆第三，即司徒吉甫、司空絳、華州刺史藩。

8天寶中，有書生旅次宋州。時李汧公勉〔九〕，少年貧苦，與書生同店。而不旬日，書生疾作，遂至不救，臨絶語公曰：「某家住洪州，將於北都求官，於此得疾且死，其命也。」因出囊金百兩付公，曰：「某之僕使無知有此者，足下爲我畢死事，餘金奉之。」李公許爲辦事。

及畢，密置金於墓中而同葬焉。後數年，公尉開封，書生兄弟賫洪州牒來，果然尋生行止〔一〇〕，至宋州，知李爲主喪事，專詣開封，詰金之所。公請假至墓所，出金以付之焉〔一一〕。

9 韋獻公夏卿有知人之鑒，人不知也。因退朝於街中逢再從弟執誼、從弟渠牟、丹〔一二〕，三人皆第二十四，並爲郎官，簇馬良久。獻公曰：「今日逢三二十四郎。」輒欲題目之。語執誼曰：「汝必爲宰相，善保其末耳。」語渠牟曰：「弟當別奉主上恩而速貴，爲公卿。」語丹曰：「三人之中，弟最長遠，而位極旄鉞。」後竟如其言。

10 杜亞爲淮南，競渡、採蓮、龍舟、錦纜、繡帆之戲，費金數千萬。于頔爲襄州，點山燈，一上油二千石。李昌夔爲荆南，打獵，大修，粧飾〔一三〕，其妻獨孤氏亦出女隊二千人，皆著紅紫錦繡襖子及錦鞍韉〔一四〕。此三府亦因而空耗。

11 汝南袁德師，故給事高之子。嘗於東都買得婁師德故園地，起書樓。洛人語曰：「昔日婁師德園，今乃袁德師樓。」

12 興元元年十月戊辰，始詔中官竇文場監神策軍左廂兵馬，馬有麟爲左神策大將軍。

神策監軍將軍之始也。

13 貞元十二年六月乙丑，始以竇文場爲左神策護軍中尉，霍仙鳴爲右神策護軍中尉，其日又以張尚進爲神武中護軍〔一五〕。左右辟仗使之始也。〔一六〕

14 建中初，關播爲給事中，以諸司甲庫皆是胥吏掌〔一七〕，爲弊頗多〔一八〕，播議用士人掌之〔一九〕。

15 弘農楊氏居東都者，承四太尉之後。世傳黄雀所銜玉環，至天寶爲楊國忠所奪。今不知所在。

16 張守珪，陝州平陸人，自幽州入覲，過本縣，見令李杭，申桑梓之禮。見陝尉裴冕〔二〇〕，桎梏令衆。冕呼張公曰〔二一〕：「困危之中，豈能相救？」至靈寶，便奏充州判官〔二二〕。冕後至宰相。

17 貞元中，張茂宗所尚義章公主，贈鄭國公主，謚爲莊穆。韋宥所尚故唐安公主，贈韓國公主，謚爲貞穆。所司擇日册命。國朝已來，公主即有追封者，未有加謚者。公主追謚，自此始也。

18徐尚書晦，沈吏部傳師。徐公嗜酒，沈公善飡。楊東川嗣復嘗云：「徐家肺，沈家脾，真安穩耶！」

19有士人平生好食燒牛頭，一日忽夢其物故，拘至地府酆都獄，有牛頭阿旁〔二三〕。其人了無畏憚，仍以手撫阿旁云〔二四〕：「只者頭子，大堪燒食。」阿旁笑而放回〔二五〕。

20元和中，郎吏數人省中縱酒，話平生各愛尚及憎怕者〔二六〕。或言愛圖畫及博奕，或怕妄與佞〔二七〕。工部員外汝南周愿獨云〔二八〕：「愛宣州觀察使，怕大蟲。」

21貞元中，禁未仕不得乘大馬。有人言於執政：「大馬甚多，貨不得舉，人不得騎，當盡爲河北節制所得耳。」

22陸鴻漸嗜茶〔二九〕，撰茶經三卷，行於代。常見鬻茶邸燒瓦瓷爲其形貌，置於竈釜上左右，爲茶神。有交易則茶祭之，無則以釜湯沃之。

23高祖之制：凡出將，賜旌節專征，行軍有大總管之號，鎮軍有大都督之號〔三〇〕。

24玄宗之初，爲節度大使、節度之號。凡皇太子、親王統軍，中有元帥府之制。宰相遥領節度使，自牛仙客始也。〔三一〕

25開元九年〔三二〕，命宗正寺官寮並以宗子爲之。

26唐制：男子始生爲黄，四歲爲小，十六爲中，二十爲丁，六十爲老。

27賦役之制有四：一曰租，二曰税，三曰役，四曰徭。凡丁，歲輸粟二石。凡調，隨鄉土所産，絹、綾、絁各二丈，布加五分之一，麻三斤。凡役，歲二旬，閏加二日。

28至德元年三月，方以侍御史文叔清爲宣諭使〔三三〕，許人納錢授官及明經出身。

29至德二年，敕以僧及道士入錢自度有差。

30乾元元年七月，鑄錢使第五琦奏請鑄乾元錢，每貫重二十斤，一文當五十〔三四〕。寶應元年以盜鑄日甚，物價騰貴，咸稱非便，減重輪錢，以一當三十〔三五〕。

31乾元二年，御史中丞元載爲江淮五道租庸使，高户定數徵錢，謂之白著榷酤。

32至德元年〔三六〕，敕天下州縣量定酤酒，隨月納稅。建中二年〔三七〕，更加青苗。大曆中，初稅每畝十文〔三八〕，三年加五文。敕以御史大夫充使，其後割歸度支。

33盧中丞邁有寶琴四〔三九〕，各直數十萬，有寒玉、石磬〔四〇〕、響泉、和志之號。

34李河南素替杜公兼，時韓吏部愈爲河南令，除職方員外，歸朝。問前後之政如何，對曰：「將兼來比素〔四一〕。」

35李相國程執政時，嚴謩、嚴休皆在南省〔四二〕。有萬年令闕，人多屬之。李公云：「二嚴不如謩〔四三〕。」

36豆盧署少年旅於衢州，夢老人云：「君後二十年爲牧兹郡。」已果爲衢州，於所夢之地立「徵夢亭」。〔四四〕

37鄭滁州昈〔四五〕，於曲江見令史醉池岸〔四六〕，云：「更一轉即入流矣。」

38白賓客居易云：「忠州有荔枝一株，槐一株。自忠之南更無槐，自忠之北更無荔枝。」

39賈至常侍平生毁佛，嘗假寐廳事，忽見一牛首阿旁〔四七〕，長不滿尺，擕小鍋而燃薪於床前。公驚起而訊之，對曰：「所謂鑊湯者，罪其毁佛人。」公曰：「小鬼何足畏耶！」遂伸足牀下，其湯沸，忽染於足〔四八〕，湧然而上，未幾烘爛而卒。

40烏江有項羽繫烏騅樹，歷千餘年尚鬱茂。建中年中，縣令張勤厭賓客觀遊，令伐卻。至今兹地獨不生草。

41李鎮惡，即趙公嶠之父，選授梓州郪縣令〔四九〕。與友人書云：「州帶子號，縣帶妻名，由來不屬老夫，並是婦兒官職。」

42劉巨鱗，開元中爲廣州刺史，弟仲丘爲麗政殿學士，兄弟友愛。有羅浮道者爲巨鱗合丹劑，將分半以遺仲丘，命刀中破之，分銖無差焉。

43蕭功曹穎士、趙員外驊〔五〇〕，開元中同居興敬里肄業，共一靴，久而見東郭之跡。趙曰：「可謂駛於道路矣。」蕭曰：「無乃祿在其中。」

44蘇州洞庭，杭州興德寺，房太尉琯云：「不遊興德、洞庭，未見山水〔五一〕。」

45壽安縣有噴玉泉〔五二〕、石溪，皆山水之勝絕也。貞元中，李賓客詞爲縣令〔五三〕，乃剗翳薈、開徑隧，人方聞而異焉。太和初，博陵崔蒙爲主簿，標堠於道周，人方造而游焉。

46顏太師魯公，刻名於石，或置之高山之上，或沉之大洲之底，而云：「安知不有陵谷之變耶！」

47獨孤常州及，末年尤嗜鼓琴，得眼疾，不理，意欲專聽也。

48曲阜縣先聖廟前有數株古柏，亦傳千餘歲，其大十圍。潘華爲兗州，軍食貧窮，無以結四方之信。華遂命伐之，裁爲簡册，刻爲器皿，以行餉云〔五四〕。

49張文貞公〔五五〕，第某女嫁盧氏，嘗爲舅盧公求官。候公朝下而問焉，公不語，但指搘牀龜而示之。女拜而歸室，告其夫曰：「舅得詹事矣。」

50開元東封，有太原人于伯隴者，年一百二十八歲，精爽不昧，其子已卒，兩孫隨之，各年七八十矣，自北乘詣闕引見。上勞之，老人無拜禮。伯隴曰：「臣神堯皇帝之臣也。荏苒歲月，得至今日，復事郎君，臣之幸矣。郎君明聖，功成封岳，不以昏老，千里而來。」上笑而憫之，乃賜紫袍、牙笏，及優恤有加。伯隴自言隋仁壽年生，說大業末事，了然可見。

51李右丞廙，年二十九爲尚書右丞，至五十九又爲尚書右丞。

52元和十五年，辛丘度、丘紓、杜元穎，同時爲遺補〔五六〕。令史分直〔五七〕，故事，但舉其姓，曰：「辛丘杜當入。」〔五八〕

53蕭功曹穎士，嘗出灞橋，道左逢一老人，眉髮皓白，狀骨甚奇古，蕭甚異之。老人瞻顧，蕭因問之，老人云：「公似吾亡友耳。」蕭固請言之，老人曰：「吾與鄱陽王恢善，君甚類之。」乃穎士六代祖。蕭問其所來，不應而去。

54洛陽金谷，去城二十五里，晉石崇依金谷爲園苑，高臺飛閣，餘址隱嶙，獨有一皂莢樹甚大，至今鬱茂。

55鄭公審，開元中爲殿中侍御史、充館驛使，令每傳舍立辰堠，自公始也。

56潤州金壇縣，大曆中北人爲主簿，以竹筒齎蝎十餘枚，置於廳事之柳樹，後遂孳育至百餘枚。爲土氣所蒸，而不能螫人，南民不識，呼爲「主簿蟲」。

57開元中，進士唱第於尚書省〔五九〕：其策試者，並集於都堂，唱其第於尚書省。有落去者語云〔六〇〕：「兩兩三三戴帽子，日暮但俟吟一聲，長安竹帛皆枯死〔六一〕。」

58開元中，吏部侍郎被寧王憲囑親故十人官。遂詣王請見，云：「十人之中有商量去者乎?」王云:「九人皆不可矣,一人某者聽公。」吏部歸,九人皆超資好官,獨某者當時出。云:「據其書判,自合得官;緣囑寧王,且放冬集。」

59崑山縣遺尺潭,本大曆中村女爲皇太子元妃,遺玉尺化爲龍,至今遂成潭。

60洛東龍門香山寺上方〔六二〕,則天時名望春宮,則天常御石樓坐朝,文武百執事,班於外而朝焉。

61永和中〔六三〕,有判太常寺行事禮官祭圜丘至時不到云:「太常大寺,實曰伽藍;圜丘小僧,不合無禮。」

62沙堤起天寶三年,因蕭京兆炅奉請於要路築甬道,以通車騎,而覆沙其上〔六四〕。

63天寶中,樂章名多以邊地爲名〔六五〕,若涼州、甘州、伊州之類是焉,其曲遍繁聲名入破。後其地盡爲西番所没〔六六〕。「破」,其兆矣〔六七〕。

64高平徐弘毅爲知彈侍御史〔六八〕，創一「知班官令」：自宣政門檢朝官之失儀者，到臺司舉而罰焉。有公卿大僚令問之曰：「未到班行之中，何必拾人細事。」弘毅報之曰：「爲我謝公卿。所以然者，以惡其無禮於其君。」

65裴僕射遵慶，二十入仕，裹折上巾子，未嘗隨俗樣。凡代之移易者五六，而公年九十所裹者，猶幼小時樣。今巾子有「僕射樣」〔六九〕。

66韓太保皋，生知音律，嘗觀客彈琴爲止息。乃歎曰：「妙哉，嵇生之音也〔七〇〕！爲是曲也，其當魏晉之際乎？止息與廣陵散，同出而異名也〔七一〕。其音主商，商爲秋聲，天將肅殺，草木搖落，其歲之晏乎？此所以知爲魏之季也。慢其商絃〔七二〕，與宮同音，是臣奪其君之位乎？此所以知司馬氏之將篡也。廣陵，維揚之地，散者，流亡之謂也；揚者，武帝后之姓也。言楊后與其父駿之傾覆晉祚也。止息者，晉雖興，終止息於此。其音哀憤而噍殺，操蹙而憯痛，永嘉之亂，其應乎此。叔夜撰此，將貽後代知音，且避晉禍，託之鬼神。史氏非知味者，安得不傳其謬也歟！」

67韓太保皋常言：洪範五福，獨不言貴者，貴近於高危〔七三〕。福之自至猶儌動，奈何枉道邀之。

68李西平晟之爲將軍也，嘗謁桑道茂。道茂云〔七四〕：「將軍異日爲京兆尹，慎少殺人。」西平曰：「武夫豈有京兆尹望乎？」後興元收復，西平兼京兆。時道茂在俘囚中，當斷之際，告西平曰：「公忘少殺人之言乎？」西平釋之〔七五〕。

69韓太保皋之爲御史中丞、京兆尹，常有所陳，必於紫宸對百僚而請，未嘗詣便殿。上謂曰：「我與卿言，於此不盡，可來延英，議及大政，多匡益之〔七六〕。」親友咸謂公曰：「自乾元以來，群臣啓事，皆詣延英，方得詳盡。公何獨於外庭對衆官以陳之，得無不慎密乎？」公曰：「御史，天下之持平也〔七七〕，摧剛直枉惟在公〔七八〕，何在不可令人知之〔七九〕，奈何求請便殿，避人竊語，以私國家之法？且延英之置也，肅宗皇帝以苗晉卿年老艱步〔八〇〕，故設之。後來臣寮得詣便殿，多以私自售，希旨求寵，干求相位〔八一〕，奈何以此爲望哉！」

70張秘書薦自筮，仕至秘書監，常帶使職〔八二〕，三入蕃，竟歿於赤嶺外。

71韋崖州執誼，自幼不喜聞嶺南州縣。拜相日出外舍，見一州郡圖，遲迴不敢看，良久臨起，俟視，乃崖州圖也，竟以貶終。

72王河南維，或有人報云：「公除右轄。」王曰：「吾居此官，慮被人呼爲『不解作詩王右丞』。」

73陽道州城，未嘗有所蓄積，雖所服用不可闕者〔八三〕，客稱某物可佳可愛〔八四〕，公輒喜，舉而授之。有陳萇者，候其始請月俸，常往稱其錢帛之美，月有獲焉〔八五〕。

74韋中書處厚在開州也，常有李潼、崔沖二進士來謁，留連月餘日。會有過客西川軍將某，能相術，於席上言：李潼三日内有虎厄。後三日，相君與諸客遊山寺，自上方抵下方，日已暮矣，李先下，崔後來，沖大呼李云：「待沖來！待沖來！」李聞「待沖來」聲，謂虎至矣，顛蹶墜下山址，絶而復蘇，數日方愈〔八六〕。及軍將回，謂李曰：「君厄過矣。」

75蘇給事岱，建中末爲太常博士，遇朱泚亂，將赴行在。夜行山谷，常有二燭前導，危險畢見，既過，燭然後滅。豈忠憤所感耶？

76李龜年、彭年、鶴年，兄弟三人，開元中皆有才學盛名。鶴年善歌〔八七〕，尤妙唱渭城。彭年善舞。龜年善打羯鼓。玄宗問：「卿打多少杖？」對曰：「臣打五千杖訖。」上曰：「汝殊未，我打卻三豎櫃也。」後數年，又聞打一豎櫃〔八八〕，因賜一拂杖、羯鼓。後棬流傳至建中三年〔八九〕，任使君又傳一弟子。使君令取江陵漆盤底，瀉水棬中，竟日不散，以其至平。又云：棬入鼓只在調豎慢〔九〇〕，此棬一調之後，經月如初。今不知所存。

77安邑縣北門，縣人云：「有一蝎如琵琶大，每出來，不毒人。」人猶是恐其靈〔九一〕，閉之積年矣〔九二〕。

78涇州將郝玭〔九三〕，自貞元末及元和中，數於涇州擒殺西虜〔九四〕，及築臨涇城，西戎畏之。贊普鑄一金郝玭，號曰：「有能得玭者，賜金玭焉。」

79建中中，李希烈攻汴州，城未陷〔九五〕，用百姓婦女輜重以實壕塹，謂之「濕梢」〔九六〕。

80竇參之作相也，用從父弟申爲耳目，每除吏，先言於申，申告人〔九七〕，故謂竇給事爲「喜鵲」。

81同州唐安寺〔九八〕，有盜帥董太宮之漆身，後有盜者皆來拜祝，有至嗚足者〔九九〕，今漆足皆口牙〔一〇〇〕。

82襄州漢高廟〔一〇一〕，本爲交甫解珮於漢之義〔一〇二〕，今爲漢高祖，誤也。

83陝州平陸縣，主簿廳事西序楣有隋房公、杜公仁壽元年十二月題〔一〇三〕：「玄齡、如晦題處，房年二十三，杜年二十六。」今移在使府食堂之梁。

84楊京兆憑兄弟三人〔一〇四〕，皆能文，爲學甚苦〔一〇五〕。或同賦一篇，共坐庭石，霜積襟袖，課成乃已。

85李愿司空，兄弟九人，四有土地，愿爲夏州、徐泗、鳳翔、宣武、河中五節度，憲爲江西觀察、嶺南節度，愬爲唐鄧、襄陽、徐泗、鳳翔、澤潞、魏博六節度使，聽爲夏州、靈武、河東、鄭滑、魏博、邠寧、鳳翔七節度。一門登壇授鉞無比焉。

86于良史爲張徐州建封從事，每自吟曰：「出身三十年，髮白衣仍碧。日暮倚朱門，從

未染袍赤〔一〇六〕。」因爲之奏章服焉。〔一〇七〕

87河南廣武山有流桂泉，史思明於其上立漢高廟。

88茅山下泊宫茅君鍊丹井，香潔不受觸。曾有修宫工人獲知〔一〇八〕，取水煮肉，良久不熟。

89寶曆中，亳州云出聖水，服之愈宿疾，亦無一差者。自洛已來及江西數郡中人，争施金貨、衣服以飲焉，獲利千萬，人轉相惑。李贊皇德裕在浙西也，命於大市集人，置釜取其水〔一〇九〕，於市司取豬肉五斤煮，云：「若聖水也，肉當如故。」逡巡肉熟爛。自此人心稍定，妖者尋而敗露。

90朗州武陵山，有人换骨匣〔一一〇〕。每年若大風雨望峭壁，即有新者。

91澤州長平，即白起坑趙卒故地，開元中詔爲「省冤谷」。至今天氣長陰，有泉色赤，於其下立丹井碑。

92 湖州德清縣南前溪村，前朝教樂舞之地。今尚有數百家盡習音樂，江南聲妓多自此出，所謂「舞出前溪」者也。

93 終南山有湫池，本咸陽大洲，一夜忽飛去，所歷皆暴雨，與魚俱下，大者至四五尺，小者不可勝計。遂落終南山中峰，水浮數尺，縱廣一里餘，色如黛黑，雲雨常自中出。焦旱祈禱，無不應焉。山僧採樵，時見群龍瀺灂其中。

94 昭應慶山，長安中，從河朔飛來〔一一〕，夜過，聞雷聲如疾風，土石亂下，直墜新豐西一村，百餘家因山爲墳。今於其上起持國寺。

95 魏齊公元忠，少時曾謁張憬藏，待之甚薄，就質通塞，亦不答。公大怒曰：「僕不遠千里，裹糧求見，非徒行也，意必謂明公有以見教，而含木舌〔一二〕，不盡勤勤之意何耶？且窮通貧賤，自屬蒼蒼，何與公焉〔一三〕？」因拂衣而去。憬藏遽起言曰：「君之相禄，正在怒中，後位極人臣。」

96 解縣鹽池，當安史時，水忽渙，鑾輿反正〔一四〕，復如故。

97上都崇聖寺有徐賢妃妝殿。太宗曾召妃，久不至，怒之。因進詩曰：「朝來臨鏡臺，妝罷暫徘徊。千金始一笑，一召詎能來？」

98漢中王瑀爲太常卿，早起朝，聞永興里人吹笛，問：「是太常樂人否？」曰：「然。」已後因閱樂而撻之，問曰：「何得某日臥吹笛？」又見康崑崙彈琵琶，云：「琵聲多，琶聲少，亦未可彈五十四絲大絃也。」自下而上謂之琵，自上而下謂之琶。

99裴延齡嘗怒李京兆充，云：「近日兼放髭鬢白，猶向人前作背面。」

100薛汝丹，家在南岳，常與一僧知聞。其僧每年以香鍊頂供養佛，至八十餘終。後歲餘，有州民生一子，色貌絕殊，而頂甚香，十步之外，人皆聞之〔一二五〕。生不食魚肉，數歲出家，爲南岳高行律師焉。

101王藻、王素，貞元初應舉，齊名〔一二六〕，皆第十四。每詣人家〔一二七〕，皆通王十四郎〔一二八〕。或問曰：「藻也？素也？」

102常相衮爲禮部，判雜文榜後云：「旭日登場，思非不鋭〔一一九〕；通宵絶筆，恨即有餘〔一二〇〕。」所以雜文入選者，常不過百人。鮑祭酒防爲禮部，帖經落人亦甚。時謂之「常雜鮑帖」。

103左右常侍與給、諫同廚，廚人進鮮菌於給、諫。問云：「莫毒否〔一二一〕？」廚人答曰：「常侍已嘗了。」

104乾元中，太子左贊善大夫吕旬母張氏，年八十八，以旬久不歸，愈思念之〔一二二〕。忽覺左乳長，汁流出，顧謂孫鄢：「汝父即來也。」不十日〔一二三〕，旬遂至。

105至德初，當安史亂，河東大饑，忽然荒地十五里生豆穀，及掃卻又復生，約得五六千石。其米甚圓細復美，人賴焉〔一二四〕。

106開元、天寶之間，傳家法者，崔沔之家學〔一二五〕，崔均之家法。

107泓師云：「長安永寧坊東南是金盞地，安邑里西是玉盞地。」永寧爲王太傅鍔地，安邑爲馬北平燧地。後王、馬皆進入官，王宅累賜韓令弘及史憲誠、李載義等〔一二六〕，所謂「金盞破而復成也」〔一二七〕。馬燧宅爲奉誠園〔一二八〕，所謂「玉盞破而不完也」〔一二九〕。

108常相衮之在福建也，有僧某者善占色，言事若神。相國惜其僧老，命弟子就學其術。僧云：「此事有天性，非可造次爲傳。某嘗於相君左右見一人可教。」遍召，得小吏黄徹焉，相命就學。老僧遂於闇室中，置五色彩於架，令視之，曰：「世人皆用眼力不盡，但熟看之〔一三〇〕。」旬日後〔一三一〕，後依稀認其白者；後半載，看五色即洞然而得矣。命之曰：「以若闇中之視五彩，迴之白晝占人。」因傳其方訣，且言後代當無加也。李忠公吉甫云：「黄徹之占，袁許之亞次也。」

109禮部劉尚書禹錫，與友人三年同處。其友人云：「未嘗見劉公説重話。」

110唐公臨，性寛仁，多慈恕〔一三二〕。欲弔喪，令家僮歸取白衫，僮僕悮持餘衣，懼未敢進。臨察之，謂曰〔一三三〕：「今日氣逆，不宜哀泣，向取白衫且止之。」又令煮藥，不精，潛覺其故，又謂曰：「今日陰晦，不宜服藥，可棄之。」終不揚其過矣。

111唐皎，貞觀中爲吏部，先時選集，四時隨到即補。皎始請以冬時大集，終季春而畢，至今行之。

112徐大理有〔一三四〕，少爲蒲州司法參軍〔一三五〕，爲政寬仁。吏感其恩信，遞相約曰：「若犯徐司法杖，必斥罰〔一三六〕。」終官不杖一人。

113顔魯公真卿爲監察御史，充河西隴右軍、試覆屯交兵使〔一三七〕。五原有冤獄，久不決，真卿立辯之。天久旱，及獄決乃雨〔一三八〕。郡人呼爲「御史雨」。

114德宗問李汧公勉：「人云盧杞是姦邪，何也？」勉曰：「人皆知之，陛下獨不知，此所以爲姦邪也。」

115李希烈跋扈蔡州。時盧杞爲相，奏顔魯公往宣諭之，而謂顔曰：「十三丈此行出自聖意。」顔曰：「公先中丞面上血〔一三九〕，某親舌舐之，乃忍以垂死之年餌於虎口。」杞聞之踣焉〔一四〇〕。盧即是御史中丞奕之子。

116南蠻清平官，猶國家之宰相也。元和中，有鄧旁來庭，宰臣問之：「公名『旁』，其何意乎？」對曰：「亦猶大朝之劉宗經矣。」

117蘇户部弁〔一四一〕、劉常侍伯芻，皆聚書至二萬卷〔一四二〕。

118河南馮宿之三子，陶、韜、圖兄弟〔一四三〕，連年進士及第，連年登宏詞科，一時之盛，代無比焉。當太和初，馮氏進士及第者海内十人〔一四四〕，而公家兄弟叔姪八人。

119李相國程爲翰林學士，以堦塼日影爲入候〔一四五〕。公性懶，每入必踰八塼，故號爲「八塼學士」焉。

120永州龍興寺，乃吴軍司馬蒙之故宅。僧懷素善草隸，嘗浚井得軍司馬印，文字不滅，雕刻如新。懷素每草書，用此爲誌。

121英公貴爲僕射，其姊病，必親爲粥，火燃輒焚其鬍〔一四六〕。姊曰：「僕妾多矣，何爲自苦。」勣曰：「豈無人耶？顧今姊年老，勣亦年老，雖欲久爲姊粥，復可得乎？」

122英公嘗言：「我年十二三時爲無賴賊，逢人則殺；十四五時爲難當賊，有所不愜者殺之；十七八時爲好賊，上陣殺人；年二十便爲天下大將軍，用兵以救人死。」

123尉遲敬德性饒寬，而尤善避槊。每單騎入陣〔一四七〕，敵人刺之，終不能中，反奪其槊以刺敵人。海陵王元吉聞之不信，乃令去槊刃以試焉。敬德曰：「饒王著刃，亦不畏傷。」元吉再三來刺，既不少中，而槊皆被奪去。元吉力敵十夫，大慙恨。太宗之禦竇建德，謂尉遲公曰：「寡人持弓箭，公把長鎗，二人相副，雖百萬衆亦無奈〔一四八〕。」乃與敬德馳至敵營，叩其軍門，大呼曰：「大唐秦王，能敵來〔一四九〕，與汝決！」追騎甚衆，不敢禦。

124竇建德之役，既陣未戰，太宗見一少年騎驄馬，鎧甲鮮明，指謂尉遲公曰：「彼所乘馬，真良馬也。」言之不已〔一五〇〕。敬德請取之。帝曰：「輕敵者亡。脱以一馬損公，非寡人願。」敬德自料攻之萬全〔一五一〕，乃馳往，並擒少年而返，即王世充之兄子、僞代王琬。宇文士及在隋亦識之，是馬實内廄之良馬也。帝欲旌其能，並以賜之。

125太宗將征遼，衛公病不能從，帝使執政已下起之〔一五二〕，不起。帝曰：「吾知之矣。」明日駕臨其第，執手與別。靖曰：「老臣宜從，但犬馬之疾，日月增甚，恐死於道路，仰累陛下。」帝撫其背曰：「勉之！昔司馬仲達非不老病，竟能自强，立勳魏室。」靖叩頭曰：「請輿病行。」至相州疾篤，不能進。

126駐蹕之役，高麗與靺鞨合軍四十里〔一五三〕，太宗有懼色。江夏王進曰：「高麗傾國以拒王師，平壤之守必弱，請假臣精卒五千，覆其本根，則千萬之衆，不戰而降。」帝不能用〔一五四〕。

127借商：建中二年〔一五五〕，京師及江淮借商錢物。

128省官：建中三年，天下州縣各省一官。乾元四年〔一五六〕，敕不注額內官〔一五七〕。元和六年，又減州縣官。

129除陌：建中四年，敕天下州縣，市買交關，每貫五十文納官。

130間架：建中四年，户部侍郎趙贊奏〔一五八〕：天下州縣，屋宇間架，率算錢有差〔一五九〕。

131沙門一行，開元中嘗奏玄宗云：「陛下行幸萬里，聖祚無疆。」故天寶中幸東都，庶盈萬數。及上幸蜀，至萬里橋，方悟焉。

132 天寶中，天下無事，選六宮風流豔態者〔一六〇〕，名「花鳥使」，主宴〔一六一〕。

133 玄宗幸蜀，天廄八駿，其七盡斃於棧道，惟一雲騅存焉〔一六二〕。德宗幸梁，亦充御馬〔一六三〕。

134 五臺山北臺下有青龍池，約二畝已來〔一六四〕，佛經云禁五百毒龍之所。每至盛午，昏霧暫開，比丘及浄行居士方可一觀。比丘尼及女子近，即雷電風雨，當時大作。如近池，必爲毒氣所吸，逡巡而没。〔一六五〕

135 韋獻公夏卿，不經方鎮，惟止於東都留守辟吏八人〔一六六〕，而路公隋、皇甫崖州鎛，皆爲宰相；張尚書賈、段給事平仲、衛大夫中行、李常侍翺、李諫議景儉、李湖南詞〔一六七〕，皆至顯官。亦名知人矣。

136 李西臺文獻公，避暑於青龍寺，夢戴白神人云：「昔尹氏相宣王，致中興，君男亦佐中興之君〔一六八〕，宜以吉甫名之。」

137李相國忠公，貞元十九年爲饒州刺史。先是，郡城已連失四牧〔一六九〕，故府廢者七稔。公涖止後，命啓籥而居之。郡吏以語怪堅請〔一七〇〕。公曰：「神實正直，正直則神避；妖不勝德，失德則妖興。居之在人。」

校勘記

〔一〕清俸寫來手自校　「清俸寫來」四字，底本及四庫本作「清俸買來」，孫鈔本、太平廣記卷二百一杜兼引傳載作「倩俸寫來」，南部新書辛作「清俸寫來」，明鈔甲乙本作「青俸寫來」，據改「買」爲「寫」。

〔二〕墜之鬻之爲不孝　「墜之鬻之」，底本及四庫本作「鬻及借人」，孫鈔本、明鈔甲乙本、太平廣記卷二百一杜兼引傳載、南部新書辛作「墜之鬻之」，新唐書杜兼傳云「以墜鬻爲不孝」，「墜之鬻之」應是北宋所見之文字舊貌，據改。

〔三〕人争取之　新唐書陽城傳云：「常以木枕布衾質錢，人重其賢，争售之。」敘事較明白。

〔四〕每時雨降　「每時」，孫鈔本、明鈔甲乙本、文淵閣四庫本作「歲時」，唐語林卷五載此事作「每歲時」。

〔五〕一夕即一空如掃焉　孫鈔本、明鈔甲乙本於此句後有「蕭功曹穎士以年代莫詳，紀載攸闕」一句，唐語林卷五載此事，亦云「蕭穎士以年代莫詳，記載所闕，信殊異也」。

〔六〕命撤而焚　清鈔甲本於「焚」字後校補一「之」字。

〔七〕杜太保宣簡公　此杜佑事，杜佑謚安簡，「宣簡」疑當作「安簡」。

〔八〕趙郡三祖　「祖」原作「相」，孫鈔本、明鈔甲乙本、四庫本均作「祖」。據新唐書宰相世系表，趙郡李氏有東祖、西祖、南祖，李吉甫出西祖，李絳出東祖，李藩出南祖，故當作「三祖」。因話録卷二：「趙郡李氏，三祖之後，元和初，同時各一人爲相。蕃（藩）南祖，吉甫西祖，絳東祖，而皆第三。」

〔九〕時李汧公勉　原無「李」字，據唐語林卷一補。

〔一〇〕果然尋生行止　「果然」二字，孫鈔本、明鈔甲乙本均無，唐語林卷一作「累路」。

〔一一〕出金以付之焉　孫鈔本、明鈔甲乙本、文津閣四庫本作「以出金付之焉」。太平廣記卷一百六十五李勉引尚書譚録（當爲傳載）作「出金付焉」，新唐書李勉傳作「出金付之」，唐語林卷一作「出金以付焉」。

〔一二〕從弟渠牟丹　「丹」，四庫本作「升」，太平廣記卷二百二十三韋夏卿引傳載作「舟」，均誤。底本與孫鈔本、明鈔甲乙本、南部新書丁、唐語林卷三均作「丹」，是。按，韋丹後爲江西觀察使，即所謂「位極旄鉞」也。

〔一三〕粧飾　「粧飾」，明鈔甲乙本、四庫本作「富飾」，孫鈔本作「富室」，太平廣記卷二百三十七于頔引傳載作「粉飾」。

〔一四〕皆著紅紫錦繡襖子及錦鞍韉　原無「及錦鞍韉」四字，據明鈔甲乙本補。孫鈔本作「紅紫繡襖及子錦鞍韉」，太平廣記卷二百三十七于頔引傳載作「紅紫繡襖子錦鞍韉」。

〔一五〕其日又以張尚進爲神武中護軍　各本及唐語林卷六所引均無異文。據舊唐書德宗紀、新唐書兵志、册府元龜卷六百六十七,張尚進爲左神威軍中護軍,「神武」疑當作「神威」。

〔一六〕本條底本與上條爲一條,據孫鈔本、明鈔甲乙本、四庫本分列二條。

〔一七〕以諸司甲庫皆是胥吏掌　此句原作「以諸司胥吏」,據孫鈔本、明鈔甲乙本、唐語林卷六改。

〔一八〕爲弊頗多　「多」,孫鈔本、唐語林卷六作「久」,明鈔甲乙本作「多久困」三字。

〔一九〕播議用士人掌之　「議」前孫鈔本有一「因」字。

〔二〇〕見陜尉裴冕　「陜尉裴冕」,各本均作「陜尉李冕」,唐語林卷三作「陜尉李桎梏裴冕」。按唐相無名李冕者,裴冕大曆四年爲宰相。新唐書李齊物傳載李齊物曾「忿陜尉裴冕,械而折愧之」,似即傳載所説「陜尉裴冕,桎梏令衆」之事。故改「李」作「裴」。

〔二一〕冕呼張公曰　「冕」,各本作「寃」,據唐語林卷三改。

〔二二〕便奏充州判官　「充州」,底本及四庫本均作「兖州」,孫鈔本、明鈔甲乙本作「充州」,唐語林卷三作「充」,據改。

〔二三〕有牛頭阿旁　「阿旁」,原作「在旁」。據孫鈔本、明鈔甲乙本及太平廣記卷二百五十嫓牛頭引傳載改。「阿旁」爲地獄中牛頭之名。法苑珠林卷八十三感應緣引冥祥記云:「何澹之,東海人,宋大司農,不信經法,多行殘害。永初中得病,見一鬼,形甚長壯,牛頭人身,手執鐵叉,晝夜守之。憂怖屏營,使道家作章符印録,備諸禳絶,而猶見如故。相識沙門慧義,聞其病,往候。澹之爲説所見。慧義曰:此是牛頭阿旁也。」

〔二四〕仍以手撫阿旁云　「阿旁」，原作「其頭」，據孫鈔本、明鈔甲乙本及太平廣記卷二百五十嬔牛頭引傳載改。

〔二五〕阿旁笑而放回　「阿旁」，原作「牛頭人」，據孫鈔本、明鈔甲乙本及太平廣記卷二百五十嬔牛頭引傳載改。

〔二六〕話平生各愛尚及憎怕者　「話」，底本及四庫本作「語」，孫鈔本、明鈔甲乙本作「話」，太平廣記卷四百九十七周愿引傳載、唐語林卷六、類説卷四十五大唐傳載愛觀察使怕大虫同，據改。

〔二七〕或怕妄與佞　原無「或」字，據孫鈔本、明鈔甲乙本、太平廣記卷四百九十七周愿引傳載、唐語林卷六、類説卷四十五大唐傳載愛觀察使怕大虫補。

〔二八〕工部員外汝南周愿獨云　「周愿」，底本及文津閣四庫本作「周願」，文淵閣四庫本、孫鈔本、明鈔甲乙本作「周愿」，太平廣記卷四百九十七周愿引傳載、唐語林卷六同。當作周愿。陳存有楚州贈別周愿侍御詩，姚係有送周愿判官歸嶺南詩，白居易有周愿可衡州刺史尉遲鋭可漢州刺史薛鯤可河中少尹三人同制，即此人。

〔二九〕陸鴻漸嗜茶　太平廣記卷二百一陸鴻漸引傳載於此前有百餘字記陸羽生平事跡，實出因話録卷三，非傳載所有。

〔三〇〕鎮軍有大都督之號　底本、四庫本於此句前有「高祖之制」四字，且別爲一條。孫鈔本、明鈔甲乙本無「高祖之制」四字，「鎮軍」誤作「鎮君」，亦分作一條。據文義當與上條相合。

〔三一〕本條原分爲三條，「凡皇太子親王統軍中有元帥府之制」之前、之後各爲一條。據孫鈔本、明鈔甲乙本、四庫本合爲一條。

〔三二〕開元九年　按，舊唐書玄宗紀，開元二十五年七月己卯敕：「其宗正寺官員，自今並以宗枝爲之。」唐會要卷六十五宗正寺，開元二十年七月七日詔：「宗正寺官員，悉以宗子爲之。」

〔三三〕方以侍御史文叔清爲宣諭使　據舊唐書食貨志、新唐書食貨志，「文叔清」當作「鄭叔清」。通典卷十一食貨門鬻爵載「大唐至德二年七月宣諭使、侍御史鄭叔清」所奏之文。

〔三四〕按舊唐書食貨志上，乾元元年七月第五琦請鑄乾元重寶，一當十，「二年三月，琦入爲相，又請更鑄重輪乾元錢，一當五十，二十斤成貫」。

〔三五〕以一當三十　「三十」疑當作「三」。舊唐書食貨志上云：「寶應元年四月，改行乾元錢一以當二，乾元重棱小錢，亦以一當二；重棱大錢，一以當三。」

〔三六〕至德元年　孫鈔本、明鈔甲乙本、文淵閣四庫本、唐語林卷五作「至德二年」。按通典卷十一：「廣德二年十二月，敕天下州各量定酤酒户，隨月納税。」新唐書食貨志四：「廣德二年，定天下酤户，以月收税。」似作「廣德二年」爲是。

〔三七〕建中二年　按舊唐書代宗紀、舊唐書食貨志上，税青苗錢始於永泰二年五月。

〔三八〕大曆中初税每畝十文　孫鈔本、明鈔甲乙本及唐語林卷五無「中」字。

〔三九〕盧中丞邁有寶琴四　「琴」，太平廣記卷二百三瑟引傳記（傳載之誤）、南部新書壬作「瑟」。

〔四〇〕石磬　原作「古磬」，孫鈔本、明鈔甲乙本及太平廣記卷二百三瑟引傳記（傳載之誤）、南部新書壬作「石磬」，據改。

〔四一〕將兼來比素　「兼」，底本作「縑」。四庫本、明鈔甲乙本、太平廣記卷一百七十四韓愈引傳載、韓子年譜元和六年引「小説傳載」作「兼」，據改。

〔四二〕嚴謩嚴休皆在南省　孫鈔本、明鈔甲乙本、四庫本皆脱去「嚴謩」二字。太平廣記卷一百七十四李程引傳載、南部新書辛有此二字，底本已據補。元和姓纂卷五岑仲勉校記以爲此處「嚴休」當是「嚴休復」之奪文。

〔四三〕二嚴不如謩　四庫本、孫鈔本作「二嚴不如譽」，明鈔甲乙本作「二嚴不如⿱大言」，太平廣記卷一百七十四李程引傳載作「二年不知謩」，南部新書辛作「二嚴休不如謩」。

〔四四〕本條太平廣記卷二百七十八豆盧署引傳載，文甚長，云：「豆盧署，本名輔貞，少年旅於衢州。刺史鄭式瞻厚待之，謂曰：『子複姓，不宜二名，吾爲子易之。』乃書署、著、助三字授之，曰：『吾恐子群從中有同者，子自擇焉。』其夕，夢老父告之：『聞使君與君易名，君當四舉成名，四者甚佳。』又曰：『君後二十年牧兹郡。』又指一方地曰：『此處可建亭臺。』既寤，因改名署。後已再下第，又二舉，後復不第，又二舉，乃成名。蓋自改名後四舉也。後二十年，果爲衢州刺史，於所夢之地立徵夢亭。」

〔四五〕鄭滁州昈　「昈」，文淵閣四庫本作「臚」，文津閣四庫本作「遊」，孫鈔本、明鈔甲乙本作「時」，均誤。按新唐書鄭雲逵傳記鄭雲逵父名昈，終滁州刺史。白居易有故滁州刺史贈刑部尚書滎陽鄭公墓誌銘，即此人。

〔四六〕於曲江見令史醉池岸　「令史」原作「令使」，孫鈔本、明鈔甲乙本、四庫本及唐語林卷五作「令史」，據改。

〔四七〕忽見一牛首阿旁　原作「牛首人」，據孫鈔本、明鈔甲乙本改。

〔四八〕其湯沸忽染於足　此七字孫鈔本、明鈔甲乙本作「其湯忽沸染於足」。

〔四九〕選授梓州郪縣令　「選授」，明鈔甲乙本、文淵閣四庫本作「選校」，孫鈔本作「選」。

〔五〇〕趙員外驊　「驊」，各本均作「驥」，唐語林卷五作「驊」。按，新唐書趙驊傳記其累遷尚書比部員外郎，「少與殷寅、顏真卿、柳芳、陸據、蕭穎士、李華、邵軫善，時爲語曰：『殷顏柳陸，李蕭邵趙。』」故當作趙驊。

〔五一〕未見山水　「山水」，孫鈔本、明鈔甲乙本作「山水之勝」，太平廣記卷二百一房琯引傳記（傳載之誤）作「佳處」。

〔五二〕壽安縣有噴玉泉　「噴玉泉」，孫鈔本、明鈔甲乙本作「噴玉淙泉」。

〔五三〕李賓客詞爲縣令　「詞」，原作「洞」，孫鈔本作「祠」，明鈔甲乙本作「詞」。按寶刻叢編卷四壽安縣有唐甘棠館記，云：「又有重刻碑記，貞元八年縣令李詞刻。」故當作「詞」。

〔五四〕以行餉云　「云」，四庫本、孫鈔本、明鈔甲乙本均作「之」。

〔五五〕張文貞公　孫鈔本、明鈔甲乙本作「燕文貞公」，太平廣記卷二百七十一張氏引傳載作「燕文貞公張説」，唐語林卷三作「燕文正公」。按，張説封燕國公，謚文貞。

〔五六〕同時爲遺補　原作「拾遺」，據四庫本、孫鈔本、明鈔甲乙本、太平廣記卷一百七十四辛丘度引傳載、南部新書辛改。

〔五七〕令史分直　「令史」原作「令使」，據四庫本、孫鈔本、明鈔甲乙本、太平廣記卷一百七十四辛丘度引傳載、南部新書辛改。

〔五八〕本條四庫本、孫鈔本、明鈔甲乙本文云：「于良史爲張徐州建封事，但舉其姓曰：辛丘杜當入。」有錯簡。錢熙祚已校正，將後之「元和十五年辛丘度丘紓杜元穎同時爲拾遺令史分直故」移於此。見後第八十六條校語。

〔五九〕進士唱第於尚書省　「唱第」，原作「第唱」，據孫鈔本、明鈔甲乙本、唐詩紀事卷二十祖詠改。

〔六〇〕有落去者語云　「語云」，文淵閣四庫本、孫鈔本、明鈔甲乙本無此二字。此句，唐詩紀事卷二十祖詠作「落第者至省門散去，詠吟曰」。

〔六一〕三句詩，唐詩紀事卷二十祖詠作「落去他兩兩三三戴帽子，日暮祖侯吟一聲，長安竹柏皆枯死。」

〔六二〕洛東龍門香山寺上方　孫鈔本、明鈔甲乙本無「上」字，「方」字屬下句。

〔六三〕永和中　唐無永和，疑爲元和或太和之誤。此三字太平廣記卷二百六十一太常寺引傳載作「唐」字。

〔六四〕以通車騎而覆沙其上　孫鈔本作「載沙實焉賜爲興慶池」，明鈔甲乙本作「載沙實焉賜爲靈慶池」。

〔六五〕樂章名多以邊地爲名　「樂章名多」，原作「樂章多」，四庫本作「樂章名」，孫鈔本、明鈔甲乙本作「樂章名多」，據改。

〔六六〕後其地盡爲西番所没　「番」，孫鈔本、明鈔甲乙本作「蕃」。

〔六七〕破其兆矣　原作「其破兆矣」，據孫鈔本、明鈔甲乙本、唐語林卷五、近事會元卷四引唐傳載改。太平廣記卷二百四天寶樂章引傳載録作「破乃其兆矣」。

〔六八〕高平徐弘毅爲知彈侍御史　原無「知」字，據孫鈔本、明鈔甲乙本、唐語林卷三補。

〔六九〕今巾子有僕射樣　按，舊唐書裴冕傳：「自創巾子，其狀新奇，市肆因而效之，呼爲『僕射樣』。」唐會要卷三十一巾子云：「永泰元年，裴冕爲左僕射，自創巾，號曰『僕射樣』。」非裴遵慶事。

〔七〇〕嵇生之音也　「之音」，四庫本、孫鈔本、明鈔甲乙本均作「者」，唐語林卷三作「之音」。

〔七一〕同出而異名也　「名」，四庫本作「者」。

〔七二〕慢其商絃　「絃」，四庫本、孫鈔本、明鈔甲乙本均作「德」。太平廣記卷二百三韓皐引盧氏雜説、舊唐書韓皐傳作「絃」。

〔七三〕貴近於高危　「貴」，孫鈔本、明鈔甲乙本、文淵閣四庫本均無此字。

〔七四〕道茂云　「道茂」二字，各本皆無。太平廣記卷二百二十三桑道茂引傳載有一「茂」字，據文義補二字。

〔七五〕西平釋之　孫鈔本、明鈔甲乙本、四庫本無此四字，底本有錢熙祚校云：「末四字據廣記二百二十三補。」按，見太平廣記卷二百二十三桑道茂引傳載。

〔七六〕可來延英議及大政多匡益之　孫鈔本、明鈔甲乙本作「可來延英殿，與卿從容，或無遺事，及大政，多匡益之」，太平廣記卷一百八十七韓皐引傳載云「可來延英，當與卿從容，或無遺事」。

〔七七〕天下之持平也　原作「天下之平也」，據孫鈔本、明鈔甲乙本、太平廣記卷一百八十七韓皐引傳載改。

〔七八〕摧剛直枉惟在公　唐語林卷三作「摧剛植柔惟在於公」。

〔七九〕何在不可令人知之　孫鈔本、明鈔甲乙本作「何有不可共所言之事貴人知之」，太平廣記卷一百八十七韓皋引傳載作「所言之事貴人知之」。

〔八〇〕肅宗皇帝以苗晉卿年老艱步　據新唐書苗晉卿傳，「肅宗」應爲「代宗」之誤。

〔八一〕後來臣寮得詣便殿多以私自售希旨求寵干求相位　原無「臣寮」二字，據孫鈔本、明鈔甲乙本、太平廣記卷一百八十七韓皋引傳載、近事會元卷一引唐傳載補。此句孫鈔本、明鈔甲乙本作「後來臣寮得詣便殿多以私自售希旨求恩寵于相位」，太平廣記作「後來臣寮得詣便殿多以私自售希求恩寵欲盡其身」，近事會元作「後來臣僚得詣便殿多以私自集（售）希求恩寵欲進其身」。

〔八二〕常帶使職　「使職」疑當作「史職」。韓愈順宗實録卷三：「贈吐蕃弔祭使、工部侍郎兼御史大夫、史館修撰張薦禮部尚書。……卒於赤嶺東迴紇辟。吐蕃傳歸其柩。前後三使異國，自始命至卒，常兼史職。在史館二十年。」

〔八三〕雖所服用不可闕者　「雖」，原作「惟」，據孫鈔本、明鈔甲乙本、唐語林卷三改。舊唐書陽城傳載此事，此句作「雖所服用有切急不可闕者」。

〔八四〕客稱某物可佳可愛　「某」，原作「其」，據孫鈔本、明鈔甲乙本、唐語林卷三改。舊唐書陽城傳此句作「客稱某物佳可愛」。

〔八五〕月有獲焉　「焉」，四庫本、孫鈔本、明鈔甲乙本均作「者」，太平廣記卷一百六十五陽城引傳載、唐語林卷三、舊唐書陽城傳作「焉」。

〔八六〕數日方愈　「愈」，孫鈔本、明鈔甲乙本作「較」。

〔八七〕鶴年善歌　「善歌」，原作「詩」，據孫鈔本、明鈔甲乙本改。唐語林卷五作「能歌詞」。太平廣記卷二百四李龜年（出明皇雜録）云：「彭年善舞，龜年、鶴年能歌，尤妙製渭川。」

〔八八〕又聞打一豎櫃　「又」，原作「有」，據孫鈔本、明鈔甲乙本、太平廣記卷二百五李龜年引傳記（傳載之誤）、唐語林卷五改。

〔八九〕後棬流傳至建中三年　「棬」原作「捲」，據孫鈔本、明鈔甲乙本、唐語林卷五改。「後棬」二字，孫鈔本、明鈔甲乙本、唐語林卷五作「棬後」。

〔九〇〕棬入鼓只在調豎慢　「棬入鼓」，原作「捲人鼓」，據孫鈔本、明鈔甲乙本改。唐語林卷五此句作「人聞鼓棬只在調豎慢」。

〔九一〕人猶是恐其靈　「猶」原作「由」，據孫鈔本、明鈔甲乙本、太平廣記卷四百七十七大蝎引傳載改。酉陽雜俎續集卷八支動、南部新書辛載此事亦作「猶」。

〔九二〕閉之積年矣　「閉之」二字，孫鈔本、明鈔甲乙本作「問其」。太平廣記卷四百七十七大蝎引傳載、酉陽雜俎續集卷八支動、南部新書辛無此二字。

〔九三〕涇州將郝玼　「郝玼」，兩唐書均有郝玼傳，名作「郝玼」。

〔九四〕數於涇州擒殺西虜　「虜」，原作「人」，四庫本、孫鈔本、明鈔甲乙本均作「虜」，據改。

〔九五〕城未陷　原作「城陷」，太平廣記卷二百六十九李希烈引傳載作「城未陷」。按舊唐書李希烈傳：「其攻汴州，驅百姓，令運木土筑壘道，又怒其未就，乃驅以填之，謂之濕梢。」據此「城未陷」似得其義。

〔九六〕謂之濕梢　「濕梢」原作「濕稍」，太平廣記卷二百六十九李希烈引傳載作「濕梢」，兩唐書李希烈傳均作「濕梢」，據改。資治通鑑卷二百二十九作「濕薪」。

〔九七〕申告人　孫鈔本、明鈔甲乙本作「申告其人」。

〔九八〕同州唐安寺　「唐安」原作「唐女」，據孫鈔本、明鈔甲乙本改。

〔九九〕有至鳴足者　「足」，原作「祝」，據孫鈔本、明鈔甲乙本、四庫本改。鳴足者，吻其足使發聲也。

〔一〇〇〕今漆足皆口牙　「皆」，原作「背」，孫鈔本、明鈔甲乙本、文淵閣四庫本作「皆」，據改。

〔一〇一〕襄州漢高廟　「高」，原作「皋」，據孫鈔本、明鈔甲乙本、唐語林卷八改。

〔一〇二〕本爲交甫解珮於漢之義　「交甫」，底本無，據孫鈔本、明鈔甲乙本、唐語林卷八補。

〔一〇三〕杜公仁壽元年十二月題　「元年」，底本與四庫本作「九年」，孫鈔本、明鈔甲乙本作「元年」。據房玄齡、杜如晦生年推算，仁壽元年二人年歲恰如所説，且仁壽僅四年，故作「元年」是。

〔一〇四〕楊京兆憑兄弟三人　「三人」，孫鈔本、清鈔甲乙、四庫本均作「二人」，底本與太平廣記卷一百九十八楊憑引傳載作「三人」。按，新唐書楊憑傳：「與弟凝、凌皆有名。大曆中，踵擢進士第，時號三楊。」當以「三人」爲是。

〔一〇五〕爲學甚苦　原作「學甚攻苦」，據孫鈔本、明鈔甲乙本、太平廣記卷一百九十八楊憑引傳載改。

〔一〇六〕從未染袍赤　底本與文津閣四庫本作「從未染袍赤」，文淵閣四庫本作「從朱汗袍赤」，孫鈔本、明鈔甲乙本作「從來汗袍赤」，唐語林卷四作「從未污袍赤」，唐詩紀事卷四十三于良史作「從朱污袍赤」。

〔一〇七〕四庫本及孫鈔本、明鈔甲乙本此條皆與前第五十二條文字相錯連，文云：「元和十五年辛丘度、丘紓、杜元穎同時爲拾遺。令史分直故事，每自吟曰：出身三十年，髮白衣仍碧。日暮倚朱門，從朱汗袍赤。因爲之奏章服焉。」(此據文淵閣四庫本)錢熙祚校云：「首十一字原與前辛邱杜同條，首二十四字錯簡互誤，據唐語林、廣記百七十四校正。」

〔一〇八〕曾有修宮工人獲知　「獲知」，孫鈔本、明鈔甲乙本作「不知」。

〔一〇九〕置釜取其水　「釜」，原作「金」，據孫鈔本、明鈔甲乙本、唐語林卷一改。

〔一一〇〕有人換骨匣　孫鈔本於「人」字前校補「仙」字。按太平廣記卷三百九十武夷山云：「建州武夷山，或風雨之夕，聞人馬簫管之聲。及明，則有棺櫬在懸崖之上，中有脛骨一節，土人謂之仙人換骨函。」「仙人」似得其義。

〔一一一〕從河朔飛來　孫鈔本作「從河□飛來」，明鈔甲乙本作「知從何飛來」，太平廣記卷三百九十七慶山引傳載作「亦不知從何飛來」。

〔一一二〕而含木舌　原作「木石」，孫鈔本、明鈔甲乙本、文淵閣四庫本作「木舌」，太平廣記卷二百二十一張冏藏(出定命録)同，據改。

〔一一三〕何與公焉　「與」，孫鈔本、明鈔甲乙本、文淵閣四庫本作「預」，意同。

〔一一四〕鑾輿反正　孫鈔本、明鈔甲乙本作「鑾輿反正日」。

〔一一五〕人皆聞之　「聞」，原作「慕」，據孫鈔本、明鈔甲乙本改。

〔一一六〕齊名　原無「齊」字，據孫鈔本、明鈔甲乙本、太平廣記卷一百七十四王藻引傳載補。

〔一一七〕每詣人家　「人」，原作「通」，據孫鈔本、明鈔甲乙本改。

〔一一八〕皆通王十四郎　「皆通」，原作「稱」，據孫鈔本、明鈔甲乙本改。

〔一一九〕思非不鋭　孫鈔本、明鈔甲乙本作「思殊不鋭」。

〔一二〇〕恨即有餘　孫鈔本、明鈔甲乙本作「恨卻有餘」。

〔一二一〕莫毒否　原作「莫有毒否」，據孫鈔本、明鈔甲乙本、四庫本删「有」字。

〔一二二〕愈思念之　孫鈔本、明鈔甲乙本無「愈」字。

〔一二三〕不十日　孫鈔本、明鈔甲乙本、文淵閣四庫本作「不踰十日」。

〔一二四〕人賴焉　太平廣記卷四百九十五豆穀引傳載作「人皆賴此活焉」，南部新書庚作「人皆賴焉」。

〔一二五〕崔沔之家學　孫鈔本、明鈔甲乙本、四庫本均無「之家學」三字。錢熙祚校：「三字原脱，據唐語林補。」按，見唐語林卷一。

〔一二六〕王宅累賜韓令弘及史憲誠李載義　「韓令弘」，太平廣記卷四百九十七王鍔（原缺出處，即傳載）作「韓弘」。「李載義」，孫鈔本、明鈔甲乙本、文淵閣四庫本作「李戴義」，底本、文津閣四庫本、太平廣記卷四百九十七王鍔作「李載義」。按，兩唐書有李載義傳，作「載」字是。

〔一二七〕金盞破而復成也　「復」字原無，據孫鈔本、明鈔甲乙本、四庫本補。

〔一二八〕馬燧宅爲奉誠園　原無「宅」字，據孫鈔本批校、太平廣記卷四百九十七王鍔補。

〔一二九〕所謂玉盞破而不完也　原無「盞」字，據孫鈔本、明鈔甲乙本、太平廣記卷四百九十七王鍔補。

〔一三〇〕但熟看之　「但」，孫鈔本、明鈔甲乙本、四庫本均作「淬」。太平廣記卷二百二十四常衮引傳載作

「但」。

〔一三一〕旬日後　原無「日」字，據孫鈔本、明鈔甲乙本、太平廣記卷二百二十四常衮引傳載補。

〔一三二〕多慈恕　孫鈔本、明鈔甲乙本無「慈」字。

〔一三三〕臨察之謂曰　底本及四庫本均作「臨祭公謂之曰」，孫鈔本、明鈔甲乙本及太平廣記卷四百九十三唐臨引傳載、唐語林卷三均作「臨察之謂曰」，據改。舊唐書唐臨傳載此事，作「臨察知之使召謂曰」。

〔一三四〕徐大理宥　按舊唐書徐有功傳：「累轉蒲州司法參軍，紹封東莞男。爲政寬仁，不行杖罰。吏人感其恩信，遞相約曰：『若犯徐司法杖者，衆必斥罰之。』」即此事。「宥」字或「有功」之誤。

〔一三五〕少爲蒲州司法參軍　原無「爲」字，據孫鈔本、明鈔甲乙本、四庫本補。

〔一三六〕必斥罰　「罰」，孫鈔本、明鈔甲乙本作「罷」。

〔一三七〕充河西隴右軍試覆屯交兵使　原無「試」字，據唐語林卷一補。「屯」，原作「充」，據孫鈔本、明鈔甲乙本、四庫本及太平廣記卷一百七十二顏真卿引傳載改。殷亮顏魯公行狀、舊唐書顏真卿傳均記此職爲「充河西隴右軍、試覆屯交兵使」。

〔一三八〕久不決真卿立辯之天久旱及獄決乃雨　各本均脱「久不決真卿立辯之天久旱及」十二字，太平廣記卷一百七十二顏真卿引傳載有，據文義當補。舊唐書顏真卿傳記此事亦云：「五原有冤獄，久不決，真卿至，立辯之。天方旱，獄決乃雨。」

〔一三九〕公先中丞面上血　「公先中丞」，孫鈔本、明鈔甲乙本及唐語林卷三作「公之先忠烈公」。

〔一四〇〕杞聞之踣焉　「踣」，四庫本作「啼」，孫鈔本、明鈔甲乙本缺一字。唐語林卷三作「踣」。

〔一四一〕蘇户部弁　「弁」原作「并」，孫鈔本、明鈔甲乙本、文淵閣四庫本作「弁」。按，舊唐書蘇弁傳記蘇弁曾爲户部侍郎，「聚書至二萬卷，皆手自刊校，至今言蘇氏書，次於集賢、秘閣焉」。即此人。

〔一四二〕皆聚書至二萬卷　孫鈔本、明鈔甲乙本於「卷」後有「餘」字。

〔一四三〕陶韜圖兄弟　「韜」，孫鈔本、明鈔甲乙本、四庫本作「鞠」，誤。按，舊唐書馮宿傳：「子圖、陶、韜，三人皆登進士，揚歷清顯。」

〔一四四〕馮氏進士及第者海内十人　「十人」，各本均作「十八」，太平廣記卷一百八十馮陶引傳載故實、唐語林卷四作「十人」，據改。

〔一四五〕以堦塼日影爲入候　「以堦」，孫鈔本、明鈔甲乙本作「以前堦」，太平廣記卷一百八十七李程引傳載、唐語林卷四作「以堦前」。

〔一四六〕火燃輒焚其髭　隋唐嘉話作「釜燃輒焚其鬚」。

〔一四七〕每單騎入陣　「單」，原作「軍」，據孫鈔本、明鈔甲乙本及隋唐嘉話改。

〔一四八〕雖百萬衆亦無奈　「無奈」，隋唐嘉話作「無奈我何」。

〔一四九〕能敵來　隋唐嘉話作「能鬪者來」。

〔一五〇〕言之不已　「不已」，隋唐嘉話作「未已」。

〔一五一〕敬德自料攻之萬全　「攻」，隋唐嘉話作「致」。

〔一五二〕帝使執政已下起之　「已下」，隋唐嘉話作「以」。

〔一五三〕高麗與靺鞨合軍四十里　「靺鞨」，原作「靺鞠」，孫鈔本、明鈔甲乙本作「靺羯」，四庫本作「靺鞨」，是。「四十里」，隋唐嘉話作「方四十里」。

〔一五四〕帝不能用　四字原本無。據孫鈔本、明鈔甲乙本補。隋唐嘉話作「帝不應」。

〔一五五〕建中二年　新唐書德宗紀記建中三年四月「甲子借商錢」。資治通鑑卷二百二十七亦記「詔借商人錢」在建中三年四月甲子。

〔一五六〕乾元四年　唐乾元僅一年，此似爲貞元之誤。按唐會要卷六十七員外官：「貞元四年正月一日敕，自今以後，額内官如有闕，中書門下及吏部更不須注擬，見任者三考後勒停。」

〔一五七〕敕不注額内官　「不」，原作「下」，據孫鈔本、明鈔甲乙本改。

〔一五八〕户部侍郎趙贊奏　「趙贊」，原作「趙瓚」，孫鈔本、明鈔甲乙本作「趙贊」。據舊唐書德宗紀，建中三年五月乙巳「以中書舍人趙贊爲户部侍郎、判度支」，四年「六月庚戌，初税屋間架、除陌錢。……判度支趙贊巧法聚斂，終不能給。至是又税屋。」故作「趙贊」是。

〔一五九〕率算錢有差　孫鈔本、明鈔甲乙本作「率錢有差」。

〔一六〇〕選六宫風流豔態者　原無「風流」二字。據孫鈔本、明鈔甲乙本、文淵閣四庫本及唐語林卷五補。

〔一六一〕主宴　唐語林卷五作「主飲宴」。

〔一六二〕惟一雲騅存焉　元稹望雲騅馬歌記此事，序云：「德宗皇帝以八馬幸蜀，七馬道斃，唯望雲騅來往不頓，貞元中老死天廄。」馬名「望雲騅」。孫鈔本於「一」字處校爲「望」字。

〔一六三〕亦充御馬　「馬」，四庫本作「焉」。

〔一六四〕約二畝已來　明鈔甲乙本於此旁有批語：「井在屋内正中，焉得有二畝之屋。」

〔一六五〕明鈔甲乙本於此條後有批語：「其井不過一丈寬闊，井中之冰，盛暑不解。予因辦大差所目覩者。可見稗史之不足信也。丙戌三月記。」

〔一六六〕惟止於東都留守辟吏八人　唐語林卷三載此句云「唯嘗於東都留守辟吏八人」。

〔一六七〕李湖南詞　按，舊唐書韋辭傳記貞元末，東都留守韋夏卿辟爲從事，後出爲潭州刺史、御史中丞、湖南觀察使。故本書李詞當是韋辭（韋詞）之誤。

〔一六八〕君男亦佐中興之君　原無「之」字，據孫鈔本、明鈔甲乙本補。

〔一六九〕郡城已連失四牧　「已連失」，原作「之東」，孫鈔本、明鈔甲乙本作「之連」，唐語林卷三作「已連失」，據改。舊唐書李吉甫傳記此事云：「先是，州城以頻喪四牧，廢而不居。」

〔一七〇〕郡吏以語怪堅請　「語」，唐語林卷三作「有」。

著録題跋

崇文總目史部傳記類

傳載一卷。

新唐書藝文志史部雜史類

傳載一卷。

尤袤遂初堂書目雜史類

傳載。

宋史藝文志子部小説

傳載一卷。

毛扆汲古閣珍藏秘本書目子部小説家

大唐傳載一本。叢書堂抄本。二錢。

浙江採集遺書總録丁集

大唐傳載一卷。天一閣寫本

右雜記唐事。書不署名。按唐藝文志有林思傳載一卷,當即此。

四庫全書總目卷一百四十小説家

大唐傳載一卷江蘇巡撫採進本。不著撰人名氏。記唐初至元和中雜事。唐、宋藝文志俱不載。前有自序,稱「八年夏,南行嶺嶠,暇日瀧舟傳所聞而載之」。考穆宗以後,惟太和、大中、咸通乃有八年,此書不著其紀元之號,所云八年者,亦不知其在何時也。所録唐公卿事跡言論頗詳,多爲史所採用。間及於詼諧談謔及朝野瑣事,亦往往與他説部相出入。惟稱貞元中鄭國、韓國二公主加謚爲公主追謚之始,而不知高祖女平陽昭公主有謚已在前。又蕭穎士逢一老人,謂其似鄱陽王,據集異記乃發冢巨盜,而此紀之以爲異人。如此之類,與諸書多不合。蓋當時流傳互異,作者各承所聞而録之,故不免牴牾也。

阮元文選樓藏書記卷三

大唐傳載一册。不著撰人姓名。抄本。是書雜記唐代逸事。

錢熙祚守山閣叢書本跋

唐志雜史類，傳載一卷，不著撰人名氏。檢太平廣記引傳載文，悉見今大唐傳載，則唐志著録者即此也。唐語林、近事會元亦頗引用，字句間有異同。惟廣記二百一引陸鴻漸事，二百七十八引豆盧署事，並多至百二三十字，疑原書已佚，此係後人删節之本。然如顔魯公條「五原有冤獄」下，廣記百七十二引有「久不決，真卿力辨之，天久及」十一字，而唐語林亦脱去，則知此本單行久矣。今無别本可校，止據諸書所引，譌者正之，闕者補之，兩通者因之，以存唐人小説之一云爾。熙祚。

周中孚鄭堂讀書記補逸卷二十八子部小説家

大唐傳載一卷寫本。不著撰人名氏。四庫全書著録。新唐書志及宋諸家書目俱不載。前有自撰小序，亦不題名氏。其書記唐初以至元和中事，殆憲宗以後人作。所載名臣言行，頗爲新唐書採掇，間及於諧謔瑣語，凡一百三十條。後之彙刻叢書者所當留意也。

瞿鏞鐵琴銅劍樓藏書目録卷十七小説類

大唐傳載一卷舊鈔本。不著撰人名氏。所記皆唐代公卿遺事，至寶曆年止。繹書名當出唐人所撰。自序云：「八年夏，南行極嶺嶠，暇日瀧舟，傳其所聞而載之。」或是元和八年耳。此書與博異志、甘澤謡等書同爲明人鈔本，合裝一册。卷首有「悔（海）虞陵秋家藏」朱記。

陸心源皕宋樓藏書志卷六十二小説

大唐傳載一卷舊鈔本。不著撰人名氏。自序。

沈德壽抱經樓藏書志卷四十六子部小説

大唐傳載一卷抄本。不著撰人名氏。（此後録原書序，略。）

幽閒鼓吹

〔唐〕張固 撰

羅寧 點校

前言

幽閒鼓吹是晚唐張固撰寫的一部筆記小説。該書爲崇文總目、新唐書藝文志、通志藝文略、郡齋讀書志、直齋書録解題等書目著録，流行較廣。張固，郡望清河（今河北清河縣）。宣宗時爲金部郎中（唐尚書省郎官石柱題名考），大中九年至十一年（八五五—八五七）爲桂州刺史、桂管觀察使（桂林風土記、唐方鎮年表），餘事不詳。張固於幽閒鼓吹中稱宣宗廟號，故本書應撰於懿宗之後。

幽閒鼓吹共二十六條，郡齋讀書志説本書「紀唐史遺事二十五篇」，大概是將「元相載在中書日」、「元載子伯和」（第二十四、二十五條）相連算作一條。本書的内容，多爲唐代玄宗至宣宗時期的名人逸事，尤以唐宣宗本人的故事最多，有一定的特色。唐代記録宣宗故事的筆記小説主要有東觀奏記以及貞陵遺事、續貞陵遺事（後二種僅有佚文），稍稍彌補了晚唐五代戰亂造戍的史籍不備、宣宗事蹟罕載的遺憾。而本書開篇也有五則宣宗故事，雖然數量不算多，但資治通鑑即採用了前四則，可見其史料價值頗高。此外一些重要的唐代歷史人物，如張延賞、裴寬、張建封、苗晉卿、元載、崔造、杜黄裳、裴度、李德裕、李宗閔、牛僧孺等，均在此書中出現。李德裕與李宗閔交惡、杜悰獻策事（第十三條），李德裕與宦官楊欽義交往事（第十四條），均爲資治通鑑採入，而學者研究李德裕及牛李黨争之事，常引以爲據。書中第七條白居易謁顧況事，第九條李賀詩爲表兄毁棄故流傳者少，第十條李賀以詩謁韓愈，都是唐代詩歌史上常爲人稱道的嘉話，第二十五條記西梁州曲調之來由，也是研究唐代音樂詞曲常用的文獻。不過作爲記録見聞的小説，内容難免有失實的地方，白居易謁顧況之事，雖然也見載於兩唐書的白居易傳，但並不是事實〔一〕。李賀詩爲表兄毁棄的故事也難信其實，杜牧李賀詩集序中明言李賀將死，將平生所著歌詩授沈子明（述師），離爲四編，與今傳本相合。宋人劉克莊、清人王琦等均不信從其説〔二〕，新唐書李賀傳採用增補了李商隱李賀小傳和王定保唐摭言的記載，而不取此事，可見宋祁、歐陽脩等人對此也是表示懷疑的。

幽閒鼓吹流傳的版本較多，現存最早的是明嘉靖年間的顧氏文房小説本，書後有「陽山顧氏十友齋宋本重刻」的字樣，顧元慶刊印所據大概是某一宋本。此後常見的版本還有續百川學海本、寶顔堂秘笈（普集）本、歷代小史本、重編説郛（宛委山堂）本、唐代叢書本、學海類編本、四庫全書本、古今説部叢書本、説庫本等。

本書點校取顧氏文房小説本爲底本，用寶顔堂秘笈本（簡稱寶顔堂本）、重編説郛本、學海類編本（簡稱學海本）、文淵閣四庫全書本（簡稱四庫本）爲校本。另外，使用太平廣記、南部新書、唐語林、唐詩紀事等書引本書文字作爲參校。凡底本文字有誤之處，正文中均改正，並於校勘記中説明。底本之異體字、異形字、避諱字等，均直接改爲通行字，不另出校。校本中遇有價值之異文，在校勘記中列出。爲方便使用，本書在各條文字的前面加上了數字序號。太平廣記引本書佚文一條，輯作補遺。後面還附有部分幽閒鼓吹的著録和題跋，以供讀者參考。

點校者

二〇一八年六月

注　釋

〔一〕參見傅璇琮顧況考，見傅璇琮唐代詩人叢考，中華書局，二〇〇三年。

〔二〕參見劉克莊吕炎樂府，載劉克莊後村先生大全集卷一百；王琦李長吉歌詩彙解首卷。

幽閒鼓吹

清河張固　撰

1宣宗囑念萬壽公主，蓋武皇世有保護之功也。駙馬鄭尚書之弟顗，嘗危疾，上使訊之。使迴，上問：「公主視疾否？」曰：「無。」「何在？」曰：「在慈恩寺看戲場。」上大怒，且歎曰：「我怪士大夫不欲與我爲親，良有以也。」命召公主。公主走輦，至則立於階下，不視久之。主大懼，涕泣辭謝。上責曰：「豈有小郎病乃親看他處乎？」立遣歸宅。畢宣宗之世，婦禮以修飾。

2宣宗暇日召翰林學士，時韋尚書澳遽入。上曰：「要與卿款曲。少間出外，但言論詩。」上乃出新詩一篇。有小黄門置茶訖，亦屏之，乃問曰：「朕於敕使如何？」韋公即述上威制前朝無比。上閉目摇首曰：「總未總未，依前怕他。在於卿如何，計將安出？」韋公既不爲之素備，乃率意對曰：「以臣所見，謀之於外庭，即恐有大和末事。不若就其中揀拔有才識者，委以計事，如何？」上曰：「此乃末策，朕已行之。初擢其小者，自黄至緑、自緑至緋皆感恩〔一〕，若紫衣挂身，即一片矣〔二〕。」公慙汗而退。噫，大君之問，社稷之福，對敭止此，惜哉！

3裴公休在相位，一日奏對，宣宗曰：「今賜卿無畏，有何貯畫言之。」公嘗蓄論儲宮之意，至是乃頓首以諫。上曰：「若立儲君，便是閑人。」公不敢盡言而退。

4宣宗坐朝次，對官趨至，必待氣息平均〔三〕，然後問事。令狐相進李遠爲杭州〔四〕，宣宗曰：「比聞李遠詩云：『長日唯銷一局碁。』豈可以臨郡哉？」對曰：「詩人之言，不足有實也。」仍薦遠廉察可任，乃俞之。

5宣宗視遠郡謝上表〔五〕，左右曰：「不足煩聖慮也。」上曰：「遠郡無非時章奏，只有此謝上表，安知其不有情懇乎？吾不敢忽也。」

6張長史釋褐爲蘇州常熟尉，上後旬日，有老父過狀，判去，不數日復至，乃怒而責曰：「敢以閑事屢擾公門！」老父曰：「某實非論事，但覩少公筆跡奇妙，貴爲篋笥之珍耳。」長史異之，因詰其何得愛書。答曰：「先父愛書，兼有著述。」長史取視之，曰：「信天下工書者也。」自是備得筆法之妙，冠于一時。

7白尚書應舉，初至京，以詩謁顧著作。顧覩姓名，熟視白公，曰：「米價方貴，居亦弗易。」乃披卷，首篇曰：「咸陽原上草〔六〕，一歲一枯榮。野火燒不盡，春風吹又生。」即嗟賞曰：「道得箇語，居即易矣。」因爲之延譽，聲名大振。

8喬彝京兆府解試，時有二試官。彝日午叩門，試官令引入，則已醺醉，視題，曰幽蘭賦，不肯作，曰：「兩箇漢相對作此題〔七〕。速改之。」遂改爲渥洼馬賦〔八〕，曰：「校些子。」奮筆斯須而就。警句云：「四蹄曳練，翻瀚海之驚瀾；一噴生風，下胡山之亂葉。」便欲首送。京尹曰：「喬彝崢嶸甚，宜以解副薦之。」

9李潘侍郎嘗綴李賀歌詩〔九〕，爲之集序。未成，知賀有表兄與賀筆硯之舊者〔一〇〕，召之，見託以搜訪所遺。其人敬謝，且請曰：「某盡記其所爲〔一一〕，亦見其多點竄者，請得所葺者視之〔一二〕，當爲改正。」李公喜，併付之。彌年絶跡。李公怒，復召詰之。其人曰：「某與賀中外，自小同處，恨其傲忽，常思報之。所得兼舊有者，一時投於溷中矣。」李公大怒，叱出之，嗟恨良久。故賀篇什流傳者少。

10李賀以歌詩謁韓吏部，吏部時爲國子博士分司。送客歸，極困，門人呈卷，解帶旋讀之。首篇鴈門太守行曰：「黑雲壓城城欲摧，甲光向日金鱗開。」却援帶，命邀之〔一三〕。

11苗帝師困於名場，一年似得，復落第。春景暄妍，策蹇驢出都門，貰酒一壺〔一四〕，藉草而坐，醺醉而寐。久之既覺，有老父坐其旁，因揖叙，以餘杯飲〔一五〕。老父媿謝曰：「郎君縈悒耶〔一六〕，寧要知前事耶？」苗曰：「某應舉已久，有一第分乎？」曰：「大有事，但更問。」苗曰：「某困於窮變，一郡寧可及乎？」曰：「更向上。」曰：「廉察乎？」曰：「更向上。」苗公乘酒猛問曰：「將相乎？」曰：「更向上。」苗公怒，全不信，因肆言曰：「將相向上，作天子乎！」老父曰：「天子真者即不得，假者即得。」苗都以爲怪誕，揖之而去。後果爲將相。及德宗昇遐〔一七〕，攝冢宰三日。

12賓客劉公之爲屯田員外郎，時事勢稍異，旦夕有騰趠之勢。知一僧有術數極精，寓直日邀之至省，方欲問命，報韋秀才在門外。公不得已，且見〔一八〕，令僧坐簾下。韋秀才獻卷已，略省之，而意色殊倦，韋覺之，乃去。與僧語〔一九〕，不對，吁嗟良久，乃曰：「某欲言，員外必不愜，如何？」公曰：「但言之。」僧曰：「員外後遷，乃本行正郎也，然須待適來韋秀才知印處置。」公大怒，揖出之。不旬日貶官。韋秀才乃處厚相也，後二十餘年在中書〔二〇〕，劉轉屯田郎中。

13朱崖李相在維揚，封川李相在湖州，拜賓客分司，朱崖大懼，遣專使厚致信好，封川不受，取路江西而過。非久，朱崖入相，過洛，封川憂懼，多方求厚善者致書，乞一見，欲解紛。復書曰：「怨即不怨，見即無端。」初，朱崖、封川早相善，在中外致力〔二一〕，及位高，稍稍相傾。及封川在位，朱崖爲兵部尚書，自得岐路，必當大拜，封川多方阻之未效。朱崖知而憂之。邠公杜相即封川黨，時爲京兆尹，一日謁封川，封川深念〔二二〕，杜公進曰：「何戚戚也？」封川曰：「君揣我何念？」杜公曰：「非大戎乎？」曰：「是也。何以相救？」曰：「某即有策，顧相公必不能用耳。」曰：「請言之。」杜曰：「大戎有辭學而不由科第，于今快快。若與知舉，則必喜矣。」封川默然良久，曰：「更思其次。」曰：「更有一官，亦可平治慊恨。」曰：「何官？」曰：「御史大夫。」封川曰：「此即得。」邠公再三與約，乃馳詣安邑門。門人報杜尹來，朱崖迎揖，曰：「安得訪此寂寞？」對曰：「靖安相公有意旨，令某傳達。」遂言亞相之拜。朱崖驚喜，雙淚遽落，曰：「此大門官〔二三〕，小子豈敢當此薦拔。」寄謝重疊。杜遽告封川。封川與虔州議之，竟爲所隳，終致後禍。

14朱崖在維揚，監軍使楊欽義追入，必爲樞近，而朱崖致禮，皆不越尋常，欽義心銜之。

一日邀中堂飲，更無餘賓，而陳設寶器、圖畫數牀，皆殊絶，一席祗奉，亦竭情禮，起後皆以贈之。欽義大喜過望。旬日行至汴州，有詔令監淮南軍〔二四〕。欽義至，即具前時所獲歸之。朱崖笑曰：「此無所直，奈何相拒。」一時卻與〔二五〕。欽義感悦數倍。後竟作樞密使。武皇一朝之柄用，皆自欽義也。

15李師古跋扈，憚杜黄裳爲相，未敢失禮。乃命一幹吏寄錢數千緡〔二六〕，并氈車子一乘，亦直千緡。使者未敢遽送，乃於宅門伺候累日，有緑輿自宅出，從婢二人，青衣襤褸。問「何人」，曰：「相公夫人。」使者遽歸，以告師古。師古折其謀，終身不敢失節。

16潘炎侍郎，德宗時爲翰林學士，恩渥極異。其妻劉氏，晏相之女也。京尹某有故伺候，累日不得見，乃遺閽者三百縑。夫人知之，謂潘曰：「豈有人臣，京尹願一見〔二七〕，遺奴三百疋縑帛，其危可知也。」遽勸潘公避位。〔二八〕子孟陽，初爲户部侍郎，夫人憂惕，謂曰：「以爾人材而在丞郎之位，吾懼禍之必至也。」户部解喻再三。乃曰：「不然，試會爾同列，吾觀之。」因遍招深熟者。客至，夫人垂簾視之。既罷會，喜曰：「皆爾之儔也，不足憂矣。末坐慘緑少年〔二九〕，何人也？」答曰：「補闕杜黄裳。」夫人曰：「此人全别，必是有名卿相。」

17元相在鄂州，周復爲從事。相國常賦詩，命院中屬和。周正郎乃簪笏見相公，曰：「某偶以大人往還高門〔三〇〕，謬獲一第，其實詩賦皆不能也。」相國嘉之曰：「遽以實告，賢於能詩者矣。」

18裴寬尚書罷郡西歸，汴流中，日晚維舟〔三一〕，見一人坐樹下，衣服極弊，因命屈之與語，大奇之，遂爲見知，曰〔三二〕：「以君才識，必自當富貴，何貧也。」舉船、錢帛、奴婢貺之。客亦不讓所惠。語訖上船，奴婢偃蹇者鞭撻之〔三三〕。裴公益奇之。其人乃張徐州也。

19安禄山將反前三兩日，於宅宴集大將十餘人，錫賚絶厚，滿廳施大圖，圖山川險易、攻取剽劫之勢。每人付一圖，令曰：「有違者斬。直至洛陽。」指揮皆畢，諸將承命，不敢出聲而去。於是行至洛陽，悉如其畫也。

20張正甫爲河南尹，裴中令銜命伐淮西〔三四〕，置宴府西亭。裴公舉一人詞藝好解頭，張相公正色曰〔三五〕：「相公此行何爲也？争記得河南府解頭？」中令有慙色。

21崔咸舍人嘗受張公之知，及懸車之年〔三六〕，公與議行止。崔時爲司封郎中，以感知之分，極言贊美。公便令製表，表上，值無厚善者，而一章允請。三數月後，門館闃寂，家人輩竊罵之。公後亦悔，每語子弟曰：「後有大段事，勿與少年郎議之。」

22崔造相將退位〔三七〕，親厚皆勉之。長女賢，知書，獨勸，相國遂決退。一二歲中，居閒躁悶，顧謂兒姪曰：「不得他諸道金銅茶籠子物掩也〔三八〕。」遂復起。

23相國張延賞將判度支，知有一大獄頗有冤濫，每甚扼腕。及判使，即召獄吏嚴誡之，且曰：「此獄已久，旬日須了。」明旦視事，案上有一小帖子，曰：「錢三萬貫，乞不問此獄。」公大怒，更促之。明日帖子復來，曰「錢五萬貫」。公益怒，命兩日須畢。明日復見帖子，曰「錢十萬貫」。公遂止不問。子弟承間偵之〔三九〕，公曰：「錢至十萬，可通神矣，無不可回之事。吾懼及禍，不得不止。」

24元相載在中書日，有丈人自宣州所居來投〔四〇〕，求一職事。中書度其材不任事，贈河北一函書而遣之。丈人惋怒，不得已，持書而去。既至幽州，念破産而來，止得一書，書若懇切，猶可望，乃拆而視之，更無一辭，唯署名而已。大悔怒，欲回，心念已行數千里，試謁院寮。問〔四一〕：「既是相公丈人，豈無緘題。」曰：「有。」判官大驚，立命謁者上白。斯須，乃有大校持箱，復請書。書既入，館之上舍，留連數日〔四二〕。及辭去，奉絹一千疋。

25元載子伯和，勢傾中外。福州觀察使寄樂妓十人，既至，半載不得送。使者窺伺門下出入頻者，有琵琶康崑崙最熟，厚遺求通。即送妓〔四三〕，伯和一試奏，盡以遺之。先有段和尚，善琵琶，自製西梁州〔四四〕，崑崙求之，不與。至是以樂之半贈之〔四五〕，乃傳焉。道調梁州是也〔四六〕。

26丞相牛公應舉，知于頔相之奇俊也，特詣襄陽求知。住數月，兩見，以海客遇之〔四七〕，牛公怒而去。去後忽召客將，問曰：「累日前有牛秀才，發未？」曰：「已去。」「何以贈之？」曰：「與之五百〔四八〕。」「受之乎？」曰：「擲之于庭而去。」于公大恨，謂賓佐曰：「某蓋事繁，有闕違者。」立命小將賫絹五百〔四九〕、書一函追之，曰：「未出界即領來，如已出界，即送書信。」小將於界外追及，牛公不啓封，揖迴。

校勘記

〔一〕自黄至緑自緑至緋皆感恩　「自緑」二字原無，據類説卷四十三幽閒鼓吹宣宗問於敕使何如補。新唐書韋澳傳亦有此二字。此句唐語林卷二作「至黄至緑至緋」。

〔二〕即一片矣　唐語林卷二作「即合爲一片矣」。

〔三〕必待氣息平均　「平均」，太平廣記卷二百二令狐綯引幽閒鼓吹作「平匀」。

〔四〕令狐相進李遠爲杭州　太平廣記卷二百二令狐綯引幽閒鼓吹作「令狐綯進李遠爲杭州刺史」。

〔五〕宣宗視遠郡謝上表　「遠郡」，唐詩紀事卷五十六李遠作「遠到郡」。後文「遠郡」亦作「遠到郡」。

〔六〕咸陽原上草　太平廣記卷一百七十顧況引幽閒鼓吹作「離離原上草」。

〔七〕兩箇漢相對作此題　太平廣記卷一百七十九喬彝引幽閒鼓吹作「兩箇漢相對作得此題」，唐語林卷三作「兩人相作對作得此題」。

〔八〕遂改爲渥洼馬賦　原無「遂改」二字，據太平廣記卷一百七十九喬彝引幽閒鼓吹增。二字唐語林卷三作「乃改」。

〔九〕李潘侍郎嘗綴李賀歌詩　「李潘」原作「李藩」，太平廣記卷二百四十四李潘引幽閒鼓吹作「李潘」，且稱「唐禮部侍郎李潘」。按，元和時宰相李藩，元和六年卒，時李賀僅二十二歲，後五年賀方卒，李藩生前不得有整理李賀詩集之事。舊唐書李漢傳記漢弟潘，大中初爲禮部侍郎。當即此人。

〔一〇〕知賀有表兄與賀筆硯之舊者　太平廣記卷二百六十五李賀作「知賀有外兄與賀有筆硯舊」。

〔一一〕某盡記其所爲　「盡」，太平廣記卷二百四十四李潘引幽閒鼓吹作「蓋」。此句太平廣記卷二百六十五李賀作「某盡記賀篇詠」。

〔一二〕請得所葺者視之　「葺」，太平廣記卷二百四十四李潘引幽閒鼓吹作「緝」，太平廣記卷二百六十五李賀作「輯」。字通。

〔一三〕命邀之　太平廣記卷一百七十韓愈引幽閒鼓吹於「命」前有「急」字。唐語林卷三作「命迎之」。

〔一四〕貰酒一壺　「貰」，原作「貫」，據寶顔堂本、四庫本、學海本改。

〔一五〕以餘杯飲　唐語林卷六此句後有「之」字。

〔一六〕郎君縈悒耶　「耶」，原作「耻」，據太平廣記卷八十四苗晉卿引幽閒鼓吹、唐語林卷六改。學海本「耶」作「甚」。

〔一七〕及德宗昇遐　「德宗」當作「肅宗」。苗晉卿攝冢宰事見兩唐書苗晉卿傳。

〔一八〕公不得已且見　「見」字原無，據太平廣記卷二百二十四劉禹錫引幽閒鼓吹補。唐語林卷六此句作「不得已見之」。

〔一九〕與僧語　「與」字前太平廣記卷二百二十四劉禹錫引幽閒鼓吹有「卻」字。

〔二〇〕後二十餘年在中書　「二十」，原作「三十」，據太平廣記卷二百二十四劉禹錫引幽閒鼓吹、唐語林卷六改。按劉禹錫永貞元年（八〇五）爲屯田員外郎，大和元年（八二七）爲主客郎中（未嘗爲屯田郎中），時韋處厚爲相，恰符「二十餘年」之數。

〔二一〕在中外致力　太平廣記卷四百九十八李宗閔引幽閒鼓吹作「在中外交致勢力」。

〔二二〕封門深念　太平廣記卷四百九十八李宗閔引幽閒鼓吹作「值宗閔深念」。

〔二三〕此大門官　「此」字原脱，據太平廣記卷四百九十八李宗閔引幽閒鼓吹、資治通鑑卷二百四十四大和六年十二月補。

〔二四〕有詔令監淮南軍　太平廣記卷二百三十九李德裕引幽閒鼓吹作「有詔卻令監淮南軍」，義較長。

〔二五〕一時卻與　太平廣記卷二百三十九李德裕引幽閒鼓吹作「悉卻與之」。

〔二六〕乃命一幹吏寄錢數千緡　「緡」原作「繩」，據重編説郛本、類説卷四十三幽閒鼓吹寄杜黄裳錢并氈車改。

〔二七〕豈有人臣京尹願一見　此句太平廣記卷二百七十一潘炎妻引幽閒鼓吹作「豈爲人臣而京尹願一謁見」。

〔二八〕此下文字底本與重編説郛本、學海本均分段別爲一條，四庫本則相連爲一條。太平廣記卷二百七十一潘炎妻引幽閒鼓吹、唐語林卷三均合爲一條。涵芬樓説郛卷二十幽閒鼓吹三條，其二即潘炎、潘孟陽二事合爲一條，據文義亦當合爲一條。

〔二九〕末坐慘緑少年　此句前，太平廣記卷二百七十一潘炎妻引幽閒鼓吹有一「問」字，南部新書己有一「向」字。

〔三〇〕某偶以大人往還高門　「門」字原爲墨釘，寶顏堂本、學海本、四庫本作「門」，唐語林卷三同，據補。

〔三一〕汴流中日晚維舟　「汴」，太平廣記卷一百六十九裴寬引幽閒鼓吹作「泝」。

〔三二〕遂爲見知曰　「曰」字原無，此句太平廣記卷一百六十九裴寬引幽閒鼓吹作「遂爲知心曰」，涵芬樓説郛卷二十幽閒鼓吹作「遂謂之曰」，據補「曰」字。

〔三三〕奴婢偃蹇者鞭撻之　「撻」，太平廣記卷一百六十九裴寬引幽閒鼓吹、唐語林卷三作「撲」。

〔三四〕裴中令銜命伐淮西　「伐」原作「代」，據太平廣記卷一百八十張正甫引幽閒鼓吹、唐語林卷三改。

〔三五〕張相公正色曰　「相公」，太平廣記卷一百八十張正甫引幽閒鼓吹、唐語林卷三均無「相公」二字。

按張正甫未嘗爲宰相，「相」字疑衍。

〔三六〕及懸車之年　「年」原作「後」，據太平廣記卷二百四十三崔咸引幽閒鼓吹改。

〔三七〕崔造相將退位　此句太平廣記卷二百四十三崔遠引幽閒鼓吹作「唐崔遠將退位」。按，崔造、崔遠皆曾爲相，然崔遠在昭宗時，本書無昭宗時事，當以崔造爲是。南部新書戊、類説卷四十三幽閒鼓吹金銅茶籠子物篭亦作「崔造」。

〔三八〕不得他諸道金銅茶籠子物掩也　「物掩」，太平廣記卷二百四十三崔遠引幽閒鼓吹、南部新書戊作「近來總四掩」。

〔三九〕公遂止不問子弟承間偵之　此十一字原本無，據太平廣記卷二百四十三張延賞引幽閒鼓吹補。類説卷四十三幽閒鼓吹錢至十萬通神作「遂止不問所親偵之」。

〔四〇〕有丈人自宣州所居來投　「所居」，太平廣記卷一百八十八元載引幽閒鼓吹作「貨所居」。

〔四一〕問　太平廣記卷一百八十八元載引幽閒鼓吹，「問」字前復有「院寮」二字。

〔四二〕留連數日　「數日」，太平廣記卷一百八十八元載引幽閒鼓吹作「積月」。

〔四三〕即送妓　「即」，太平廣記卷一百八十八元載引幽閒鼓吹、類説卷四十三幽閒鼓吹段和尚製西涼州作「既」。

〔四四〕自製西梁州　近事會元卷四西涼州曲引幽閒鼓吹、類説卷四十三幽閒鼓吹段和尚製西涼州作「西涼州」。碧雞漫志卷三引幽閒鼓吹云：「段和上者自製道調涼州。」樂府詩集卷七十九涼州引張同（固）幽閒鼓吹云：「段和尚善琵琶，自製西涼州。後傳康崑崙，即道調涼州也。」

〔四五〕至是以樂之半贈之　近事會元卷四作「至是以樂伎半贈之」。

〔四六〕道調梁州是也　近事會元卷四西涼州曲引幽閒鼓吹作「今道調涼州是也」。

〔四七〕以海客遇之　「海」，太平廣記卷四百九十六于頔引幽閑鼓吹作「游」。

〔四八〕與之五百　「之」，太平廣記卷四百九十六于頔引幽閑鼓吹作「錢」。

〔四九〕立命小將賫絹五百　太平廣記卷四百九十六于頔引幽閑鼓吹作「賫絹五百疋」。

補遺

唐任轂有經學，居懷谷，望徵命而蒲輪不至，自入京中訪問知己。有朝士戲贈詩曰：「雲林應訝鶴書遲，自入京來探事宜。從此見山須合眼，被山相賺已多時。」後至補衮。（太平廣記卷二百五十七任轂引幽閒鼓吹）

著録題跋

崇文總目小說類

幽閑鼓吹一卷。

新唐書藝文志小說家類

張固幽閑鼓吹一卷。

鄭樵通志藝文略諸子類小說

幽閑鼓吹一卷。唐張固撰。

晁公武郡齋讀書志小說

幽閒鼓吹一卷。右唐張固撰。紀唐史遺事二十五篇。懿、僖間人。

尤袤遂初堂書目小説類

幽閒鼓吹。

陳振孫直齋書録解題小説家

幽閒鼓吹一卷。唐張固撰。

宋史藝文志子部小説

張固幽閑鼓吹一卷。

周南山房集卷五題跋幽閒鼓吹

幽閒鼓吹，唐張固撰次。首記宣宗數事，餘雜識中唐以後事，今多載正史。又云宣宗屏人問韋浼（澳），杜淙（悰）勸李宗閔以御史大夫薦李德裕，如此類今見正史者，皆本此。

高儒百川書志卷五史部傳記

幽閒鼓吹一卷。唐清河張固摭宣宗二十五事。

顧元慶顧氏文房小説本跋

是書爲有唐張固撰，共二十五篇。固在懿、僖間，採摭宣宗遺事，簡當精覈，誠可以補史氏之闕。余嘗閲唐詩鼓吹，讀姚文公序文，謂宋高宗退居德壽宮，嘗纂唐宋遺事爲幽閒鼓吹。愚謂姚公不知固有是書而謂纂於高宗耶，抑高宗之所纂別有其書耶？亦不可得而深考也。余家藏有固宋本，將刻而傳焉，姑識以俟知者。嘉靖壬午春三月，吴郡大石山人顧元慶。

四庫全書總目卷一百四十小説家

幽閒鼓吹一卷内府藏本。唐張固撰。固始末未詳。是書末有明顧元慶跋，稱共二十五篇，與晁公武讀書志所言合。今檢此本乃二十六篇，蓋誤斷元載及其子一條爲二耳。元慶又稱「固在懿、僖間，採摭宣宗遺事」，則殊不然。書中元和、會昌間事不一而足，非僅記宣宗事也。又稱姚文公唐詩鼓吹序謂宋高宗退居德壽宮，嘗纂唐宋遺事爲幽閒鼓吹，其言不知何據，元慶亦以爲疑。今考唐書藝文志小説家，有張固幽閒鼓吹一卷，則出自唐人更無疑義,縱高宗别有幽閒鼓吹,亦書名偶同,不得以此本當之矣。固所記雖篇帙寥寥,而其事多關法戒,非造作虚辭,無裨考證者,比唐人小説之中,猶差爲切實可據焉。

周中孚鄭堂讀書記卷六十三子部小説家

幽閒鼓吹一卷說郛本。唐張固撰。固里貫未詳,懿、僖間人。四庫全書著録。新唐志、崇文目、讀書志、書録解題、通考、宋志俱載之。晁氏稱固「紀唐史遺事二十五篇」,後有明顧元慶跋亦同。然「李師古子孟陽」一條起首無「李師古」三字,自當併「李師古跋扈」一條爲一,傳本誤離而二之。晁氏、顧氏皆不道,就其本數之耳。顧氏稱固在懿、僖間,采摭宣宗遺事,簡要精覈,誠可以補史氏之闕。然書中併載及元和、會昌時事,不僅如顧氏所云也。其書多關於勸戒,固唐人小説中之翹楚歟。普秘笈、歷代小史均收入之。

陸心源皕宋樓藏書志卷六十二子部小説

幽閒鼓吹一卷明刊本。唐清河張固撰。顧元慶跋嘉靖壬申(午)。

王國維傳書堂藏書志卷三子部小説家

幽閒鼓吹一卷校鈔本。清河張固撰。劉泖生手校。與隋唐嘉話同册。

松窗雜録

〔唐〕李濬 撰
羅寧 點校

前言

松窗雜録是晚唐時期的一部軼事小説。作者之名，宋史藝文志及今傳諸本均作「李濬」，新唐書藝文志、通志藝文略則不題撰人名，郡齋讀書志則作「韋濬」。新唐書宰相世系表載有三韋濬：一韋巽子；一韋玄昭子，衛尉少卿；一韋奉先子，梓州刺史。然此三人時代較早，都不可能是此書的作者。至於李濬，晚唐恰有其人，是武宗時宰相李紳（七七二—八四六）之子。文苑英華卷八百二十九收其慧山寺家山記一文，可知其僖宗乾符四年（八七七）自秘書省校書郎入直史館，餘事不詳。陸心源唐文拾遺卷二十七收録本書的序，稱其人爲憲、穆間人，並認爲與慧山寺家山記作者並非同一人，不知陸心源的根據何在。綜合各種資料來看，目前仍以本書屬李紳子李濬爲宜。至於計有功唐詩紀事卷十「李嶠」條稱「皮日休松窗録」，吴曾能改齋漫録卷三辨誤「飛燕在昭陽」條稱「唐王叡松窗録」，應是二書之偶誤。

本書之名，宋人書目均稱松窗録，太平廣記、紺珠集、碧雞漫志、唐詩紀事等書所引同，宋史藝文志作松窗小録，類説、山房集等作松窗雜録，明以後書目及傳本均作松窗雜録。考其所敘之事，第十四條提及李德裕薨於海南，是大中三年（八四九）十二月事。第十六條提及韋愨尚書，據新唐書韋愨傳載，韋愨「宣宗時終武昌軍節度使」，其爲鄂岳節度使在大中六年、七年（唐方鎮年表），尚書之官則疑爲追贈。由此亦可知，松窗雜録撰成於宣宗之後。

松窗雜録共十六條，述及武后、中宗、玄宗、德宗、文宗時事，以玄宗時事最多，八條，頗具史料價值。如第一條載玄宗起居注，研究唐代史官制度及史學史的學者常引爲據。第二條李白作清平調三章，尤爲治唐代文學史的學者津津樂道。其他如第十條載李正封逸詩「天香夜染衣，國色朝酣酒」，是成語「國色天香」的出處，第九條載李泌軼事，第十二條狄仁傑軼事，第十三條姚崇、張説軼事，第十四、十五條李德裕軼事，皆可見晚唐時這些名人故事之流行。四庫提要稱本書「記唐明皇事頗詳整可觀，載李泌對德宗語論明皇得失亦瞭若指掌」，「足以補史闕」。其失實之處，前人亦有所注意。如資治通鑑卷二百七長安二年十一月考異曾引「中宗嘗召宰相蘇瓌李嶠子進見」一條，司馬光辨析云：「按頲此年已爲御史，瓌爲相時，頲爲中書舍人，父子同掌樞密，非童年也。今不取。」資治通鑑卷二百十開元元年十二月考異又引姚崇、張説事，則云：「此説亦似出於好事者。」值得一提的是，本書最末一條記載「物之異聞」共二十一種，並强調「皆得其所自，或經目識」，並不是作者的杜撰。確實，這些物品的來源，可與其他文獻的記載相印證。如「鄱陽王墓中自動墨研」，所説鄱陽王墓當指唐代被盗發的鄱陽忠烈王（蕭恢）墓，其事見太平廣記卷三百三十二蕭穎士引集異記〔一〕；「元先生贈韋丹尚書鮫鮹」，應指韋丹因曾救大黿而得其贈謝之物，韋丹救黿事見太平廣記卷一百十八韋丹引河東記〔二〕；「桃源洞中仙人棋子」，當指桃源觀道士瞿柏庭在仙洞中得到的棋子，見温造瞿童述（江淮異人録）；「筆管上鏤盡思道燕歌行」，亦見太平廣記卷二百一十四雜編引盧氏雜説，燕歌行作從軍行。且不論這些物品的可靠性，但物品本身即反映出相關故事在唐代的廣泛流傳，以及晚唐人對異物之迷戀。本書第十五條所記古銅鏡也是類似的物品，只不過未能爲李德裕得到罷了。李德裕是中晚唐博物學的代表人物，李紳與其相交深久，李濬受到影響也很自然。

松窗雜録被多種宋代目録著録，宋人書中亦多見稱引，如太平廣記引十則，類説卷十六録十四則，紺珠集卷十一録十一則（作者題韋叡），此外南部新書、樂府詩集、唐詩紀事、能改齋漫録、碧雞漫志、苕溪漁隱叢話等間有引用，可見當時比較流行。周南山房集卷五題跋松窗雜録記其書爲十六條，與今傳本相符，大概今本猶爲宋代之形態。松窗雜録之今傳本有顧氏文房小説本、歷代小史本、奇晉齋叢書本、四庫全書本等。顧氏文房小説本末有「嘉靖辛卯夷白齋重雕」字樣，是爲嘉靖十年（一五三一）刊本，時代較早，但缺誤及墨釘甚多。四庫全書本抄自天一閣藏本，校勘價值頗大。歷代小史本無自序，僅十四條，少中宗召蘇瓌、李嶠子進見一條及狄仁傑盧氏堂姨一條（本書第八、第十二條）。奇晉齋叢書本是據顧氏文房小説本而來，做了一些校勘。此外，重編説郛卷五十二所收的李濬摭異記，屬於晚明叢書亂改書名的例子，其實内容就是松窗雜録，十六條全文具在，可以作爲一個版本來看待。涵芬樓説郛卷四有題名「唐杜荀鶴」的松窗雜録二條，考其内容，第一條出聞奇録（太平廣記卷二百八十六畫工引），第二條出纂異記（太平廣記卷三百一十三史王生引），均與本書無涉，杜荀鶴亦未聞有同名之作，應是後人僞託。而重編説郛卷四十六所收題「唐杜荀鶴」的松窗雜記，除涵芬樓説郛卷四之二條外，又取本書六條續入，更成一雜糅無謂之版本。另外，涵芬樓説郛卷三談壘中録有松窗雜録三條（本書第三、十、十二條），涵芬樓説郛卷四十六有唐李濬松窗雜録五條（本書第三、四、五、七、十條），皆非完本。

本書點校取顧氏文房小説本作爲底本，以文淵閣四庫全書本（簡稱四庫本）、歷代小史本、宛委山堂刊印重編説郛卷五十二李濬摭異記（簡稱重編説郛本）、奇晉齋叢書本（簡稱奇晉齋本）作爲校本，另外也使用了太平廣記、楊太真外傳、南部新書、唐語林、類説、紺珠集等資料進行校勘。凡底本文字有誤之處，正文中均改正，並於校勘記中説明。底本之異體字、異形字、避諱字等，均直接改爲通行字，不另出校。校本中遇有價值之異文，在校勘記中列出。爲方便使用，本書在各條文字的前面加上了數字序號。後面附有部分關於松窗雜録的著録和題跋，以供讀者參考。

點校者

二〇一八年六月

注釋

〔一〕參見李劍國唐五代志怪傳奇敘録集異記，中華書局，二〇一七年。

〔二〕參見李劍國唐五代志怪傳奇敘録河東記及韋丹傳，中華書局，二〇一七年。

松窗雜録

唐李濬　編

濬憶童兒時即歷聞公卿間，敘國朝故事次〔一〕，兼多語其遺事特異者〔二〕，取其必實之跡，暇日綴成一小軸，題曰松窗雜録〔三〕。

1 玄宗先天中再平内難，後以中外無事，鋭意政理，好於觀書。迨自周漢以來有所未及者，必欲盡舉之。帝既勤書，海内之風翕然率化。尤注意於起居注，先天、開元中，皆選當時鴻儒或貞正之士充之。若有舉其職者，雖十數年猶載筆螭頭，惜不欲去，則遷名曹郎與兼之。自先天元年，至天寶十一載冬季〔四〕，起居注撰成七百卷，内起居注撰成三百卷。内起居注自開元二年春，因上幸寧王宅，敘家人禮，至於樂奏前後，酒食沾賚，上無自專，皆令稟於寧王教。上曰：「大哥好作主人，阿瞞但謹爲上客〔五〕。」上在禁中嘗自稱阿瞞。以是極歡而罷。明日，寧王率岐、薛已下同奏曰：「臣聞起居注必記天子言動，臣恐左右史不得天子閨行極庶人之禮〔六〕，無以光示萬代。臣請自今後臣與兄弟，各輪日載筆於乘輿前〔七〕，得以行在紀敘其事，四季則用朱印聯名，牒送史館，然皆依外史例，悉以上聞〔八〕，庶明臣等守職如螭頭官〔九〕。」上以八分書、日本國紙爲答，辭甚謹然〔一〇〕，悉允所奏。自是天寶十載冬季〔一一〕，已成三百卷，率以五十幅黄麻爲一編，用雕檀軸，紫龍鳳綾標〔一二〕。書成，寧王上請自部納於史閣〔一三〕。上命賜以酒樂，共宴侍臣於史館。上寶惜是史尤甚，因命別起大閣以貯之。及禄山陷長安，用嚴、高計，未升殿宫〔一四〕，先以火千炬猛焚是閣，不移時灰滅。故玄宗實録百不敘及三四〔一五〕，以是人間傳記者尤鮮。禄山謀臣嚴莊、高尚〔一六〕。

2 開元中，禁中初重木芍藥，即今牡丹也。開元天寶花木記云：「禁中呼木芍藥爲牡丹〔一七〕。」得四本，紅、紫、淺紅、通白者，上因移植於興慶池東沉香亭前。會花方繁開，上乘照夜白〔一八〕，太真妃以步輦從。詔特選梨園子弟中尤者〔一九〕，得樂十六色〔二〇〕。李龜年以歌擅一時之名，手捧檀板，押衆樂前，欲歌之。上曰：「賞名花，對妃子，焉用舊樂詞爲？」遂命龜年持金花牋，宣賜翰林學士李白，進清平調詞三章。白欣承詔旨，猶苦宿酲未解，因援筆賦之〔二一〕：「雲想衣裳花想容，春風拂曉露華濃〔二二〕。若非群玉山頭見，會向瑶臺月下逢。」「一枝紅艷露凝香，雲雨巫山枉斷腸。借問漢宫誰得似，可憐飛燕倚新粧。」「名花傾國兩相歡，長得君王帶笑看。解釋春風無限恨，沉香亭北倚欄杆。」龜年遽以詞進，上命梨園子弟約略調撫絲竹〔二三〕，遂促龜年以歌。太真妃持頗梨七寶盃，酌西涼州蒲萄酒，笑領歌〔二四〕，意甚厚。上因調玉笛以倚曲，每曲遍將換，則遲其聲以媚之。太真飲罷，飾繡巾重拜上意〔二五〕。龜年常話於五王，獨憶以歌得自勝者，無出於此，抑亦一時之極致耳。上自是顧李翰林尤異於他學士。會高力士終以脱烏皮六縫爲深恥〔二六〕，異日太真妃重吟前詞，力士戲曰：「始謂妃子怨李白深入骨髓，何拳拳如是？」太真妃因驚曰：「何翰林學士能辱人如斯？」力士曰：「以飛燕指妃子，是賤之甚矣。」太真頗深然之。上嘗欲命李白官〔二七〕，卒爲宫中所捍而止。

3玄宗幸東都，偶因秋霽，與一行師共登天宫寺閣，臨眺久之。上遐顧悽然，發歎數四，謂一行曰：「吾甲子得終無患乎？」一行進曰：「陛下行幸萬里，聖祚無疆。」及西行〔二八〕，初至成都，前望大橋，上舉鞭問左右曰：「是橋何名？」節度使崔圓躍馬前進，曰：「萬里橋。」上因追歎曰：「一行之言，今果符之，吾無憂矣。」

4上好馬上擊毬，内廄所飼者，意猶未甚適。會黄幡綽戲語相解，因曰：「吾欲良馬久之，而誰能通於馬經者？」幡綽奏曰：「臣能知之。」且曰：「今三丞相悉善馬經。」上曰：「吾與三丞相語，政事之外，悉究其旁學，不聞有通馬經者，爾焉得知之〔二九〕？」幡綽曰：「臣日日沙堤上見丞相所乘馬皆良馬也，以是知必通馬經。」上因大笑而語他。

5上自臨淄郡王爲潞州别駕，乞假歸京師，觀時晦跡，尤用卑損〔三〇〕。會春暮，豪家子數輩盛酒饌，遊於昆明池，選勝方宴。上戎服，臂小鷹於野次，因疾驅直突會前，諸子輩頗露難色。忽一少年持酒船唱令曰：「宜以門族官品備陳之。」酒及於上，因大聲曰：「曾祖天子〔三一〕，父相王，臨淄郡王某也。」諸少年聞之，驚走四散，不敢復視於車服〔三二〕。上因聯飲三銀船，盡一巨餡〔三三〕，徐乘馬而東去。

6上初以林邑國進白鸚鵡，慧利之性，特異常者，因暇日以金飾之〔三四〕，示於三相，上再三美之。時蘇頲初入相，每以忠讜勵己〔三五〕，因前進曰：「書云：『鸚鵡能言，不離飛鳥。』臣願陛下深以爲誡。」

7王皇后始以色進〔三六〕，及上登位不數年，恩寵日衰。后憂畏之狀，愈不自安，然撫下有恩，幸免讒語共危之禍〔三七〕。忽一日泣訴於上曰：「三郎獨不記阿忠脱新紫半臂〔三八〕，更得一斗麪，爲三郎生日湯餅耶？何忍不追念於前時！」上聞之戚然改容，有憫皇后之色，由是得延於其恩者三更秋〔三九〕。終以諸妃恩遇日盛，皇后竟見黜焉。后無罪被擯，六宫共憐之。阿忠，后自呼其父名也〔四〇〕。

8中宗嘗召宰相蘇瓌、李嶠子進見〔四一〕，二丞相子皆童年，上近撫於赭袍前，賜與甚厚。因語二兒曰：「爾宜憶所通書可奏爲吾者言之〔四二〕。」頲應曰：「木從繩則正，后從諫則聖。」嶠子失其名亦進曰：「斮朝涉之脛，剖賢人之心。」上曰：「蘇瓌有子，李嶠無兒。」

9德宗命李泌爲相，以泌三朝顧遇，禮待信用不與諸宰相等。常於便殿語及玄宗朝，尤惜謬用李林甫，因再三歎息，重言曰：「中原之禍，自林甫始也。然以玄宗英特之姿，何始不察耶？」泌因奏曰：「玄宗盛年始初〔四三〕，已歷則天、中宗多難之後，雖江充將陷戾園〔四四〕，賈后欲圖愍懷，於睿宗之患，無以改過也。及降封瑠淄，旋出入鄠〔四五〕，上下鄠杜之間，備聞人間疾苦。又以天縱英姿，志除内難，有漢宣之多異，仗蕭王之赤誠。故英威一震，姦兇自殪。而夙尚儒學，深達政經，薄漢高馬上之言，美武帝更僕之問。自初登寶位，樂近正人，惟帝之難，力所能舉。上既勤儉，政事無不施行，又得良臣，天下自化。及東封之後，上每覽帝籍，有自多之言。用聲色爲娱，漸堂階之峻。故古語曰：『貧不學儉而儉自來，富不學奢而奢自至。』若以勤儉爲志，則臣下守法，官無邪人。及嗜慾稍深，則政亦怠矣。故林甫善爲承迎上意，招顧金玉，託庇左右。安國委相之跡如是，則百吏可知〔四六〕。是以楊雄言：昔武帝運帑藏之財，填廬山之壑，未爲害也。今貨入權門，甚於此矣。林甫未厭，仙客繼之。昔齊桓以管仲存而霸業成，管仲亡而齊難作。則古人所諷，見於深旨。」由是泌屢以是非諷之，上怡然聽從，似喜所得。因曰：「相才而又知書，吾高枕矣。」

10大和、開成中，有程脩己者，以善畫得進謁。脩己始以孝廉召入籍，故上不甚以畫者流視之。會春暮，内殿賞牡丹花，上頗好詩，因問脩己曰：「今京邑傳唱牡丹花詩，誰爲首出？」脩己對曰：「臣嘗聞公卿間多吟賞中書舍人李正封詩，曰：『天香夜染衣，國色朝酣酒。』」〔四七〕上聞之，嗟賞移時。楊妃方恃恩寵，上笑謂賢妃曰：「粧鏡臺前宜飲以一紫金盞酒，則正封之詩見矣。」

11自大和乙卯歲後，上不樂事，稍聞則必有歎息之音〔四八〕。會幸三殿東亭，因見横廊架巨軸於其上。上謂脩己曰：「斯開元東封圖也。」因命内巨軸懸於東廡下。上舉白玉如意指張説輩數人，歎曰：「使吾得其中一人來，則吾可見開元矣。」由是惋惜之意，見於顔色。遂命進美酎，盡爵，促步輦歸寢殿。開成承詔録中敘上語李右相曰〔四九〕：「吾思天下事難理，則進飲醲酎，以自醉解。」

12狄仁傑之爲相也，有盧氏堂姨居於午橋南别墅，姨止有一子，而未嘗來都城親戚家。梁公每遇伏臘晦朔，修禮甚謹。嘗經甚雪，多休暇〔五〇〕，因候盧姨安否，適見表弟挾弓矢、攜雉兔來歸，膳味進於北堂。顧揖梁公，意甚輕簡。公因啓姨曰：「某今爲相，表弟有何樂從，願悉力以從其旨。」姨曰：「相自貴爾。姨止有一子〔五一〕，不欲令其事女主。」公大慙而退。

13姚崇爲相，忽一日對於便殿，舉左足不甚輕利。上曰：「卿有足疾耶？」崇曰：「臣有腹心之疾，非足疾也。」因前奏張説罪狀數百言。上怒曰：「卿歸中書，宜宣與御史中丞共按其事。」而説未之知。會朱衣吏報，午後三刻，説乘馬先歸。崇急呼御史中丞李林甫〔五二〕，以前詔付之。林甫語崇曰：「説多智謀，是必困之，宜以劇地。」崇搆曰〔五三〕：「丞相得罪，未宜太偪。」林甫曰：「公必不忍耶〔五四〕？説當無害。」林甫正將詔付於御史〔五五〕，中路以馬墜告假〔五六〕。説之未遭崇搆也，前旬月，有教授書生私通於侍婢最寵者〔五七〕，會擒得姦狀，以聞於説。説怒甚，將窮獄於京兆尹。書生勵聲曰〔五八〕：「覩色不能禁，亦人之常情也。公貴爲相，豈無緩急有用人乎？何靳於一婢女耶〔五九〕？」説奇其言而釋之，以侍兒與歸。書生一跳跡去，旬月餘無所聞知〔六〇〕。忽一日直訪於説，憂色滿面，且言：「某感公之恩，思有謝者久之。今方聞公爲姚相國所搆，外獄將具，公不知之，危將至矣。某願得公平生所寶者，用計於九公主，必能立釋之。」説因自歷指，狀所寶之物。書生告云：「未足解公之難。」又凝思久之，忽曰：「近有雞林郡夜明簾爲寄信者〔六一〕。」書生曰：「吾事濟矣。」因請手札數行，懇以情言，遂急趨出。逮夜，始及九公主邸第。書生具以説旨言之，兼用簾爲贄，且請公主曰〔六二〕：「上獨不念在東宮時，思必始終恩加張丞相乎？而今反用快不利張丞相之心耶〔六三〕？」明旦公主入謁，具爲奏之。上感動，急命高力士就御史臺，宣「前所按事，並宜罷之」。書生亦不再見張丞相矣。

14太尉衛國公爲并州從事，到職未旬月，忽有王山人者詣門請謁，公命與坐，乃曰：「某善按冥也〔六四〕。」公初未之奇。因請正寢〔六五〕，備几案、紙筆、香水而已，因令垂簾静伺之〔六六〕。生與公偕坐於西廡下。頃之，王生曰：「可驗矣。」紙上書八字甚大，且有楷注，曰：「位極人臣，壽六十四〔六七〕。」王生遽請歸，竟不知所去。及會昌朝，三策一品，薨於海南，果符王生所按之年。

15衛公長慶中在浙右，會有漁人於秦淮垂機網，下深處，忽覺力舉異於常時〔六八〕。及斂就水次，卒不獲一鱗。忽得古銅鏡，可尺餘，光浮於波際。漁人驚取照之，歷歷盡見五臟六腑，縈脈動〔六九〕，竦駭神魄，因腕戰而墜。漁人偶話於舍旁，遂乃聞之於公，盡周歲萬計窮索水底，終不復得。

16物之異聞：雷公鑠。　辟塵犀簪。　煖金魚袋。　青龍皮。　鄱陽王墓中自動墨研。　日中軟杖子。　龍腦香崑崙子。　元先生贈韋丹尚書鮫綃。　鏤白玉香囊并玉鑷子，長三尺餘。　異竹篋，長二百餘尺。　黃楊枕，文有仙人乘龍形。　張公洞翠碧□□□中藏上藥〔七〇〕。　□□□□□□□□□□□□□□□□□□□□□□□□□□□□〔七一〕。桃源洞中仙人棋子。　不生澀鐵腰帶。　韋慤尚書夢中所得軟羅纈巾〔七二〕。　西蜀織成蘭亭。　罽賓國黃金衣。　筆管上鏤盧思道燕歌行。　拂林國雕紫文馬腦，如小合，底寫國王□□上又小貌亦類之〔七三〕。　白玉劍長二尺餘。　已上二十一物，皆得其所自，或經目識，客有疑問，悉用條謹〔七四〕。

校勘記

〔一〕濬憶童兒時即歷聞公卿間敘國朝故事次　四庫本作「濬憶童兒時即歷交公卿間敘次國朝故事」，重編說郛本作「濬憶兒童時即歷聞公卿間敘國朝故事且」。

〔二〕兼多語其遺事特異者　「遺」字底本墨釘，據四庫本補。重編說郛本作「世」，奇晉齋本作「有」。

〔三〕題曰松窗雜錄　重編說郛本作「貯之松窗」。

〔四〕至天寶十一載冬季　「十一」，唐語林卷二作「十二」。

〔五〕阿[口㒼]但謹爲上客　「[口㒼]」，四庫本、唐語林卷二、類說卷十六松窗雜錄阿瞞謹爲上客作「瞞」。

〔六〕臣恐左右史不得天子閨行極庶人之禮　底本、歷代小史本、重編說郛本於「天子」前空一字，四庫本作「不得記天子閨中行庶人之禮」。

〔七〕各輪日載筆於乘輿前　「輿」字底本墨釘，據重編説郛本、四庫本、奇晉齋本補。南部新書甲亦作「輿」。

〔八〕悉以上聞　「以」字底本空缺，據四庫本補。

〔九〕庶明臣等守職如螭頭官　「守職」，四庫本作「職守」。

〔一〇〕辭甚謹然　「然」字前底本有墨釘，四庫本作「欣」，奇晉齋本作「慨」，歷代小史本、重編説郛本作「上」。

〔一一〕自是天寶十載冬季　「自是」，唐語林卷二、南部新書甲作「至」。「十載」，唐語林卷二作「十二載」。

〔一二〕紫龍鳳綾標　「標」，四庫本作「褾」。南部新書甲此句作「紫鳳綾表」。

〔一三〕寧王上請自部納於史閣　此句唐語林卷二作「寧王每請百部納於史館」。

〔一四〕未升殿宫　「未」字後底本有墨釘。此句歷代小史本、重編説郛本作「未至升殿宫」，四庫本、奇晉齋本作「未升殿宫」，無墨釘或空缺。唐語林卷二引作「未升宫殿」。

〔一五〕故玄宗實録百不敘及三四　「三四」，南部新書甲作「一二」。

〔一六〕唐語林卷二引本條，原注小字「禄山謀臣嚴莊高尚」在前「用嚴高計」後。

〔一七〕開元天寶花木記云禁中呼木芍藥爲牡丹　各本均誤作「開元天寶花呼木芍藥本記云禁中爲牡丹花」。據太平廣記卷二百四李龜年引松窗録、楊太真外傳改。紺珠集卷十一松窗録木芍藥作：「開元花木記云：禁中呼木芍藥爲牡丹。」

〔一八〕上乘照夜白　「照夜白」，原作「月夜召」，據太平廣記卷二百四李龜年引松窗録、樂府詩集卷八十清平調三首引松窗録、碧雞漫志卷五引松窗録、楊太真外傳改。

〔一九〕詔特選梨園子弟中尤者　「子弟」，太平廣記卷二百四李龜年引松窗録作「弟子」，下文「上命梨園子弟」亦作「上命梨園弟子」。按，舊唐書音樂志一、太平廣記卷二百四梨園樂引譚賓録、唐會要卷三十四雜録、杜甫觀公孫大娘弟子舞劍器行、白居易梨園弟子等詩，均稱「梨園弟子」。

〔二〇〕得樂十六色　「色」，太平廣記卷二百四李龜年引松窗録作「部」。

〔二一〕因援筆賦之　太平廣記卷二百四李龜年引松窗録於句後有「辭曰」二字。

〔二二〕春風拂曉露華濃　「拂曉」，四庫本、楊太真外傳作「拂檻」，太平廣記卷二百四李龜年引松窗録作「曉拂」。

〔二三〕上命梨園子弟約略調撫絲竹　碧雞漫志卷五引松窗録作「約格調撫絲竹」，楊太真外傳作「略約詞調撫絲竹」。

〔二四〕笑領歌　原無「歌」字，據太平廣記卷二百四李龜年引松窗録、楊太真外傳、碧雞漫志卷五引松窗録補。

〔二五〕飾繡巾重拜上意　太平廣記卷二百四李龜年引松窗録作「斂繡巾重拜上」，無「意」字。楊太真外傳作「斂繡巾再拜」。

〔二六〕會高力士終以脱烏皮六縫爲深恥　「烏皮六縫」，四庫本在「烏皮六合」，太平廣記卷二百四李龜年引松窗録、楊太真外傳作「靴」。按舊唐書輿服志有烏皮六合靴。

〔二七〕上嘗欲命李白官　「欲」，太平廣記卷二百四李龜年引松窗録、楊太真外傳作「三欲」。

〔二八〕及西行　「西行」，涵芬樓説郛卷四十六松窗雜録、太平廣記卷一百三十六萬里橋引松窗録作「西狩」，唐語林卷五引作「西巡」。

〔二九〕爾焉得知之　原無「知」字。太平廣記卷二百五十黄幡綽引松窗雜録作「爾焉得知之」，唐語林卷五作「爾焉知之」，涵芬樓説郛卷四十六松窗雜録作「爾焉能得知」，據補「知」字。

〔三〇〕尤用卑損　「用」，唐語林卷四作「自」。

〔三一〕祖天子　此三字各本均脱，類説卷十六松窗雜録曾天子祖天子、唐語林卷四、南部新書甲均有，據補。祖天子，謂唐高宗。

〔三二〕不敢復視於車服　四庫本、唐語林卷四無「於車服」三字。

〔三三〕盡一巨餡　「餡」，四庫本、南部新書甲作「觥」。

〔三四〕因暇日以金飾之　「金」，四庫本、太平廣記卷一百六十四蘇頲引松窗録、唐語林卷五作「金籠」。

〔三五〕每以忠讜勵己　「忠讜勵己」原作「忠讓勵上」，太平廣記卷一百六十四蘇頲引松窗録作「忠讜勵己」，唐語林卷五作「忠讜厲己」，據改。

〔三六〕王皇后始以色進　「王皇后」，各本均誤作「何皇后」。按新唐書后妃上王皇后傳：「始，后以愛弛，不自安。承間泣曰：『陛下獨不念阿忠脱紫半臂易斗麵條爲生日湯餅邪？』帝憫然動容。阿忠，后呼其父仁皎云。繇是久乃廢。」類説卷十六松窗雜録生日湯餅云：「王后寵衰，泣曰：『三郎不記阿忠脱紫半臂爲生日湯餅耶？』上爲戚然。阿忠，后父號。」紺珠集卷十一松窗録紫半臂文字全同類説。南部新書甲載此事亦作「王皇后」。當以「王皇后」爲是。

〔三七〕幸免讒語共危之禍　「語」，四庫本作「謗」。

〔三八〕三郎獨不記阿忠脱新紫半臂　「阿忠」，各本誤作「何忠」。據類説、紺珠集、南部新書、新唐書改。説見前。

〔三九〕由是得延於其恩者三更秋　此句南部新書甲作「而餘恩獲延三載」。

〔四〇〕阿忠后自呼其父名也　「阿忠」，各本均誤作「何忠」。據類説、紺珠集、新唐書改。説見前。

〔四一〕李嶠子進見　「李嶠」，原作「李喬」，據重編説郛本、四庫本、奇晉齋本、太平廣記卷四百九十三蘇瓌李嶠子引松窗録改。後二「嶠」字底本不誤。

〔四二〕爾宜憶所通書可奏爲吾者言之　「宜」字原作「日」，據太平廣記卷四百九十三蘇瓌李嶠子引松窗録改。此句四庫本作「爾日憶所通書可爲吾奏者言之」，唐語林卷三作「爾宜記所通書言之」，唐詩紀事卷十李嶠作「汝等各以所通書取宜奏吾者言之」。

〔四三〕玄宗盛年始初　「始初」，四庫本作「之初」。

〔四四〕雖江充將陷戾園　「戾園」，原作「戾元」，據四庫本改。漢武帝時戾太子被誅，後置園邑，稱戾園。漢書江充傳：「太子繇是遂敗。語在戾園傳。」顔師古曰：「即武五子傳也。其中叙戾太子，後加謚，置園邑，故云戾園。」

〔四五〕旋出入閤　此四字四庫本作「旋又」，與下句相屬。

〔四六〕則百吏可知　「百吏」，四庫本作「百事」。

〔四七〕此句詩，底本與歷代小史本、重編説郛本、奇晉齋本及南部新書甲、唐詩紀事卷四十李正封所引同。四庫本、涵芬樓説郛卷四十六松窗雜録、類説卷十六松窗雜録牡丹詩、紺珠集卷十一松窗録正封詩、苕溪漁隱叢話前集卷三十引松窗雜録作「國色朝酣酒，天香夜染衣」，涵芬樓説郛卷三談壘松窗雜録作「國色朝含雨，天香夜染衣」。

〔四八〕稍聞則必有歎息之音　「聞」，唐語林卷四作「閒」。

〔四九〕開成承詔録中敘上語李右相曰　「承詔録」，底本及歷代小史本、重編説郛本作「永諸録」，四庫本作「永詔録」，均誤。新唐書藝文志雜史類著録開成承詔録二卷，李石撰。即此書。李右相即李石。

〔五〇〕嘗經甚雪多休暇　太平廣記卷二百七十一盧氏引松窗雜録作「常經雪後休假」，唐語林卷四作「嘗雪後休假」。

〔五一〕姨止有一子　原無「姨止」二字，據太平廣記卷二百七十一盧氏引松窗雜録、涵芬樓説郛卷三談壘松窗雜録、類説卷十六松窗雜録一子不事女主補。

〔五二〕崇急呼御史中丞李林甫　「李」，原作「字」，據歷代小史本、四庫本、太平廣記卷四百九十四夜明簾引松窗録改。

〔五三〕崇搆曰　四庫本、資治通鑑卷二百十開元元年考異引松窗雜録無「搆」字。

〔五四〕公必不忍耶　「耶」，太平廣記卷四百九十四夜明簾引松窗録、資治通鑑卷二百十開元元年考異引松窗雜録作「即」，屬下句。

〔五五〕林甫正將詔付於御史　太平廣記卷四百九十四夜明簾引松窗録、資治通鑑卷二百十開元元年考異引松窗雜録作「林甫止將詔付於小御史」。

〔五六〕中路以馬墜告假　太平廣記卷四百九十四夜明簾引松窗録、資治通鑑卷二百十開元元年考異引松窗雜録無「假」字。

〔五七〕有教授書生私通於侍婢最寵者　太平廣記卷四百九十四夜明簾引松窗録、資治通鑑卷二百十開元元年考異引松窗雜録作「家有教授書生通於説侍兒最寵者」。

〔五八〕書生勵聲曰　「勵」，歷代小史本、四庫本、太平廣記卷四百九十四夜明簾引松窗録、類説卷十六松窗雜録夜明簾解張説之難作「厲」。

〔五九〕何靳於一婢女耶　原無「何」字，據四庫本補。珊瑚鈎詩話卷三載此事亦作「何靳靳於一婢耶」，太平廣記卷四百九十四夜明簾引松窗録作「公何靳於一婢女耶」，資治通鑑卷二百十開元元年考異引松窗雜録作「胡靳靳於一婢女耶」，類説卷十六松窗雜録夜明簾解張説之難作「反靳靳於一婢耶」。

〔六〇〕書生一跳跡去旬月餘無所聞知　「跳跡」，四庫本作「遁跡」。此句太平廣記卷四百九十四夜明簾引松窗録作「書生一去數月餘無所聞知」，資治通鑑卷二百十開元元年考異引松窗雜録作「書生跳跡去旬餘無所聞知」。跳跡同逃跡。

〔六一〕近有雞林郡夜明簾爲寄信者　此句太平廣記卷四百九十四夜明簾引松窗録作「近者有雞林郡以夜明簾爲寄者」，資治通鑑卷二百十開元元年考異引松窗雜録作「近有以雞林郡夜明簾爲寄信者」。

〔六二〕且請公主曰　「請」，太平廣記卷四百九十四夜明簾引松窗録、資治通鑑卷二百十開元元年考異引松窗雜録作「謂」。

〔六三〕而今反用快不利張丞相之心耶　四庫本於「張丞相」後有「者」字。此句太平廣記卷四百九十四夜明簾引松窗録作「而今反用讒耶」。

〔六四〕某善按冥也　「冥」，太平廣記卷七十八王山人引松窗録作「冥數」。

〔六五〕因請正寢　「正寢」，太平廣記卷七十八王山人引松窗録作「虚正寢」。

〔六六〕因令垂簾静伺之　太平廣記卷七十八王山人引松窗録無「因」字。

〔六七〕壽六十四　按，李德裕卒於大中三年十二月十日，壽六十三。

〔六八〕忽覺力舉異於常時　「舉」，太平廣記卷二百三十二浙右漁人引松窗録作「重」。

〔六九〕縈脈動　四庫本作「營脈皆動」，太平廣記卷二百三十二浙右漁人引松窗録作「血縈脈動」。

〔七〇〕底本所缺三字，四庫本作「石枕疑」。

〔七一〕底本所缺二十四字，四庫本作「海蝦蟆牙，漢時大司馬郎小睢牙象子，腹中成二佛象，各一軸」。

〔七二〕韋愨尚書夢中所得軟羅纈巾　「韋愨」原作「韋殼」，據四庫本改。按舊唐書韋保衡傳記其父韋愨，大和初登第，大中四年拜禮部侍郎，似即此人。又按十國春秋韋縠傳記「韋縠少有文藻，夢中得軟羅纈巾，由是才思益進……又陞□部尚書」，疑據本書而言，而誤爲五代人韋縠矣。

〔七三〕底寫國王□□上又小貌亦類之　所缺二字，底本爲墨釘，重編説郛本作「名在」，四庫本作「白頭」。此句説略卷二十三作「底寫國王貌蓋上小貌亦類之」，玉芝堂談薈卷二十六作「底寫國王貌蓋上下貌亦如之」。

〔七四〕悉用條謹　「謹」，四庫本作「註」。

著録題跋

崇文總目史部傳記

松窗録一卷。李濬撰。

新唐書藝文志子部小説家

松窗録一卷。

鄭樵通志藝文略諸子類小説

松窗録一卷。

晁公武郡齋讀書志子部小説

松窗録一卷。右唐韋濬撰，記唐朝故事。

尤袤遂初堂書目小説類

松窗録。

宋史藝文志子部小説

李濬松窗小録一卷。

周南山房集卷五題跋松窗雜録

松窗雜録一十六條，唐人韋濬誌玄宗、中宗、德宗、文宗、狄梁公、姚崇、李衛公遺事與物之異聞者十餘件。

高儒百川書志卷五史部傳記

松窗雜録一卷。唐李濬編。

四庫全書總目卷一百四十子部小説家

松窗雜録一卷浙江范懋柱家天一閣藏本。案此書書名、撰人諸本互異。唐志作松窗録一卷，不著撰人。宋志作松窗小録一卷，題李濬撰。文獻通考作松窗雜録一卷，題韋濬撰。歷代小史則書名與通考同，人名與宋志同。蓋傳刻舛譌，未詳孰是。此本爲范氏天一閣舊鈔，書名、人名並與歷代小史同，今姑從以著録，亦三占從二之義也。其文與歷代小史所刻大概相同，惟多中宗召宰相一條及姚崇（狄仁傑）姨母盧氏一條，以司馬光通鑑考異證之，其中宗一條實原書所有，知小史爲佚脱矣。書中記唐明皇事頗詳整可觀，載李泌對德宗語論明皇得失亦瞭若指掌。通鑑所載泌事，多採取李蘩鄴侯家傳，纖悉必録，而獨不及此語，是亦足以補史闕。惟謂中宗召宰相蘇瓌、李嶠子進見，二子皆童年，因令奏所通書，頲應曰：「木從繩則正，后從諫則聖。」嶠子亦進曰：「斮朝涉之脛，剖賢人之心。」上曰：「蘇瓌有子，李嶠無兒。」云云。案頲於則天長安二年已爲御史，瓌爲相時，頲爲中書舍人，父子同掌樞密，並非童年。故司馬光深斥其説，頗不免於誣妄云。

奇晉齋叢書本陸烜跋

烜以獨學無師，見異而遷，惑於釋老者數年，泛濫於稗官小説家言者數年。今雖深省前愆，以記醜而博爲戒，則手抄説類，已盈數帙，且多付之剞劂矣。然君子擇善，道途之口皆學問也，執中以觀群言，亦未必能集大成之一助。若書録蘇頲鸚鵡之對，李泌勸儉之陳，狄梁公姨有子不欲其事女主之語，雖聖人而言，何以加諸？若其他奢淫之習，文宗謂吾思天下事難理則逕飲醲酎以自醉解，嗚呼！此唐之所以不振也。君子觀此，亦可以知得失矣。時乾隆庚寅四月十七日，梅谷陸烜識於奇晉齋西窗。

阮元文選樓藏書記卷四

松窗雜録一册。唐李濬著。抄本。是書雜記唐玄宗朝軼事。

周中孚鄭堂讀書記卷六十三子部小説家

松窗雜録一卷奇晉齋叢書本。唐李濬撰。濬始末未詳。四庫全書著録。新唐志所載不著撰人。通志同，讀書志作韋叡撰，通考同，宋志始作李濬松窗小録，然與唐志以下止作松窗録者又異，唯焦氏經籍志所載則與今本同也。作「韋叡」者，皆字之誤耳。前有自序，所記凡十六條，皆唐代雜事，明皇居其半。其敘述最詳整有法，故陸梅谷跋稱，此録蘇頲鸚鵡之對，李泌勸儉之陳，狄梁公姨有子不欲其事女主之語，雖聖人而言，何以加諸？其他奢淫之習，文宗謂吾思天下難理，則逕飲醲酎以自醉辭，此唐之所以不振也。以上陸跋。然其中又有中宗稱蘇瓌有子、李嶠無兒一條，通鑑考異斥其誣説，則所載亦不盡實録矣。歷代小史所收較此本脱二條，説郛所收又改其題爲摭異記云。

陸心源皕宋樓藏書志卷六十二子部小説

松窗雜録一卷明仿宋刊本。唐李濬編。自序。

繆荃孫藝風藏書續記卷八小説類

松窗雜録一卷。舊鈔本。題唐李濬撰。「中宗召宰相」一條及「姚崇姨母盧氏」一條均有之，勝於歷代小史本。序有「張氏學安藏書」長印，朱文。首葉有「張印紹仁」朱文、「學安」白文兩方印。

尚書故實

〔唐〕李綽　撰

羅寧　點校

前言

尚書故實又名尚書談録，是晚唐李綽所撰的一部筆記小説。據李綽自序，本書是記録「賓護尚書河東張公」所談諸事而成，書中也屢稱「賓護」。「賓護尚書」是誰，前人莫衷一是。崇文總目、新唐書藝文志、通志藝文略以爲是張延賞，郡齋讀書志、直齋書録解題對此説表示懷疑，但未提出其名氏。至清人四庫全書總目，則認爲「所謂張尚書者，當在彦遠、天保、彦修、曼容諸兄弟中」。余嘉錫同意其説，以爲「固當是彦遠諸兄弟，然亦絶非彦遠」，因爲張彦遠字愛賓，不字「賓護」，且未嘗爲尚書。陶敏考證賓護是太子賓客之稱，張賓護、張尚書就是張彦遠〔一〕，可以信從。李綽，字肩孟，趙郡（今河北趙縣一帶）人。昭宗龍紀元年（八八九）官太常博士，乾寧四年（八九七）官禮部郎中。唐亡後著秦中歲時記〔二〕。張彦遠，字愛賓，高祖張嘉貞，曾祖張延賞，祖父張弘靖，皆曾爲宰相。父張文規，歷安州刺史，遷右散騎常侍、桂管觀察使。張彦遠宣宗時由左補闕爲主客員外郎，懿宗時出爲舒州刺史，復入爲兵部員外郎，乾符二年（八七五）累遷至大理卿〔三〕。後爲太子賓客，（贈）某部尚書。

由於尚書故實的内容是記録張彦遠的談話而成，而張彦遠是唐代三相張家之後，門閥士族出身，自然多聞廣識，熟知唐代掌故。而且張家數代收藏書畫，正如張彦遠自述，「家代好尚，高祖河東公(張嘉貞)、曾祖魏國公(張延賞)相繼鳩集名跡」(歷代名畫記卷一敘畫之興廢)，故張彦遠能撰成歷代名畫記、法書要録二書，成爲書畫鑒賞名家。本書在記録書畫方面，與歷代名畫記、法書要録可印證的地方很多，余嘉錫、陶敏已多所指明，這裏不再贅述。可以一提的是，本書所記張家人物軼事以及唐代史實，也是多有根據的。如第二十九條記張嘉貞請將弟張嘉祐之官移在近處，玄宗乃授嘉祐忻州刺史事，見舊唐書張嘉貞傳。第五十二條記王方慶進獻家藏之法書於武后，武后命崔融作序事，見舊唐書王方慶傳。第七十六條張延賞與西平王李晟不協，上令韓晉公(滉)説使釋憾事，見舊唐書張延賞傳。第七十九條記孫季雍著葬經、葬略，新唐書藝文志五行類有孫季邕葬範三卷，當即此人與此書，書名相異，或是有分合及重抄、增補之不同。第二十七條記張嘉祐爲相州都督時見周尉遲迥神魂事，語涉怪異，其實舊唐書張嘉祐傳即有相關記載：「(開元)二十五年爲相州刺史。相州自開元已來，刺史死貶者十數人，嘉祐訪知尉遲迥周末爲相州總管，身死國難，乃立其神祠以邀福。」本書此條最末也説張嘉祐請置廟，「今相州碑廟見在」。這是指開元二十六年(七三九)成伯璵撰序、顔真卿撰銘、蔡有鄰書的尉遲迥廟碑，碑云：「刺史張公嘉祐，先相國河東恭肅公之介弟，作時膏雨，爲廟瑚璉。立朝則兼掌巡徼，佐郡則預參師律。至於是邦也，教以肅，政以清，起忠貞之廟，制享獻之祀。初公之下車問俗，而郡稱多崇。公曰：匹夫匹婦强死者猶能爲厲，況蜀國公，言足昭，行可則，大象之際，獨爲純臣。毁家紓國，既書於直史；藴藻潢汙，未孚於前代。二千石既荷重禄，闕修殷薦，其取戾也宜哉！我是用發私藏之俸，則崇宮壯構；轉他山之石，則豐碑頌成。陵谷不遷，永昭洪烈。」（全唐文卷三百九十五）但是史書所説的「刺史死貶者十數人」，碑文所説的「郡稱多祟」，具體有何異事，均未詳言，而本書恰恰提供了故事的細節。

本書内容也曾被新唐書採入，如新唐書元載傳記元載死後籍家，有胡椒八百石，很可能即來自本書第九條：「元載破家，籍財貨諸物，得胡椒九百石。」新唐書方技張憬藏傳云：「裴光廷當國，憬藏以紙大署『台』字投之，光廷曰：『吾既台司矣，尚何事？』後三日，貶台州刺史。」即取自本書第二十八條，但是誤以原文的「河東公」爲裴光廷（庭）。據舊唐書本傳，張嘉貞開元十二年（七二四）坐與王守一交往，左轉台州刺史，可見本書此處所説河東公是張嘉貞，新唐書有誤。新唐書韋皋傳記陸暢上言釋「定秦」之事，也出於本書。

關於本書的佚文，目前所見各書徵引且標明出尚書故實的，幾乎都存在疑問。如太平廣記卷二百八唐太宗一則，文字實出法書要録卷四唐朝敍書録。太平廣記卷一百六十五李勉引尚書譚録一則，實爲大唐傳載中文字。紺珠集卷三有尚書故實七則，其中牛鬭詩一則記曹植作牛鬭詩事，不見於本書，太平廣記卷一百七十三曹植亦引此事，而注出世説。從内容風格來看，這條文字既不像是尚書故實的也不像是世説新語的。故本書後不附佚文或補遺，以免徒滋紛擾。

本書今傳本以晚明的寶顔堂秘笈（續集）本爲最早，此後重編説郛、文淵閣四庫全書本皆出於此，而畿輔叢書本又是據重編説郛本刻印的（第六條、三十七條二本均脱，且第十條、五十七條均有缺漏的文字）。本書點校即以寶顔堂秘笈本（繡水沈氏尚白齋刊本）爲底本，以文淵閣四庫全書本（簡稱四庫本）、重編説郛本、畿輔叢書本（簡稱畿輔本）爲校本，另外參校了太平廣記、類説、紺珠集、南部新書、唐詩紀事等書中的相關文字。今傳劉賓客嘉話録（顧氏文房小説本），自宋代時已混入尚書故實的三十八則文字（自「公嘗於貴人家見梁昭明太子脛骨」條至「章仇兼瓊鎮蜀日」條共二十八則，自「晉書中有飲食名寒具者」至「果州謝真人上昇前」十則），頗有校勘價值，本書也取作參校。凡底本文字有誤之處，正文中均改正，並於校勘記中説明。底本之異體字、異形字、避諱字等，均直接改爲通行字，不另出校。校本中遇有價值之異文，在校勘記中列出。爲方便使用，本書在各條文字的前面加上了數字序號。後面附有部分關於尚書故實的著録和題跋，以供讀者參考。

點校者
二〇一八年六月

注釋

〔一〕陶敏尚書故實中「張賓護」考，載中華文史論叢第七十六輯，又收入陶敏唐代文學與文獻論集，中華書局，二〇一〇年。

〔二〕參見余嘉錫四庫提要辨證卷十五尚書故實，中華書局，二〇〇一年。

〔三〕參見余嘉錫四庫提要辨證卷十四法書要録，中華書局，二〇〇一年。

尚書故實

唐趙郡李綽 編

賓護尚書河東張公，三相盛門，四朝雅望。博物自同於壯武，多聞遠邁於胥臣〔一〕。綽避難圃田，寓居佛廟，秩有同於錐印，跡更甚於酒傭。叨遂迎塵，每容侍話。凡聆徵引，必異尋常。足廣後生，可貽好事。遂纂集尤異者，兼雜以詼諧十數節，作尚書故實云耳。

1 高祖太武皇帝，本名與文皇帝同上一字，後乃删去。嘗有碑版，鑿處具在。太武是陵廟中玉册定□〔二〕，神堯乃母后追尊〔三〕。顔公曾抗疏極論，爲袁傪所沮而寢。

2 太宗酷好法書，有大王真蹟三千六百紙，率以一丈二尺爲一軸。寶惜者獨蘭亭爲最，置於座側，朝夕觀覽。嘗一日附耳語高宗曰：「吾千秋萬歲後，與吾蘭亭將去也。」及奉諱之日，用玉匣貯之，藏於昭陵。

3天册府弧矢尺度，蓋倍於常者。太宗北逐劉黑闥，爲突厥所窘，遂親發箭射退賊騎。突厥中得此箭傳觀，皆歎伏神異。後餘弓一張，箭五隻，藏在武庫。歷代一作朝郊丘重禮，必陳於儀衛之前，以耀武德。惜哉，今與法物同爲煨燼矣。然此即劉氏斬蚍劍之比也，豈不有所歸乎？

4司馬天師名承禎，字紫微〔四〕，形狀類陶隱居。玄宗謂人曰：「承禎，弘景後身也。」天降車，上有字曰「賜司馬承禎」。尸解去日，白鶴一作雲滿庭〔五〕，異香郁烈。承禎號白雲先生，故人謂車爲白雲車。至文宗朝，并張騫海槎同取入内。

5有李幼奇者，開元中以藝干柳芳，嘗對芳念百韻詩。芳已暗記，便題之於壁，不差一字，謂幼奇曰：「此吾之詩也。」幼奇大驚異之，有不平色。久之，徐曰：「聊相戲，此君所念詩也。」因請幼奇更誦所著文章，皆一遍便能寫録。

6又説：漢武帝時，嘗有外域獻獨足鶴，人皆不知，以爲怪異。東方朔奏曰：「此山海經所謂畢方鳥也。」驗之果是。因敕廷臣皆習山海經。山海經，伯翳著，劉向編次作序。伯翳亦曰伯益。書曰：益典朕虞。蓋隨禹治水，撮山海之異，遂成書。郭弘農注解。

7 鄭廣文作聖善寺報慈閣大像記云：「自頂至頤八十三尺，額珠以銀鑄成，虛中，盛八石。」

8 構聖善寺佛殿僧惠範，以罪没入其財，得一千三百萬貫。

9 元載破家，籍財貨諸物，得胡椒九百石。

10 盧元公好道，重方士。有王谷者，得黄白術，變瓦礫泥土立成黄金。賓護時在相國大梁幕中，皆目睹之。谷一日死於淮陰，賓護見范陽公叙言，公曰：「王十五兄不死。」後果有人於湘潭間見之，已變姓名矣。賓護既徙知廣陵，常亦話於崔魏公。公因説他日有王修，能變竹葉爲黄金，某所目擊也。

11 進士盧融嘗説，盧元公鎮南海日，疽發於鬢，氣息惙然。有一少年道士，直來牀前〔六〕，謂相國曰：「本師知尚書病瘡，遣某將少膏藥來，可便傅之。」相國寵姬韓氏〔七〕，遂取膏藥疾貼於瘡上，至暮而較，數日平復。於倉皇之際，不知道士所來。及令勘中門至衙門十數重，並無出入處，方知其異也。盛膏小銀合子，韓氏收得，後猶在。融即相國親密，目驗其事，因附於此。

12 公自言：四世祖河東公爲中書令，著緋。綽安邑宅中，曾有河東公任中書令著緋真。又說：傳遊藝居相位，著緑。

13 李師誨者，畫蕃馬李漸之孫也，爲劉從諫潞州從事，知劉不軌，遂隱居黎城山。潞州平，朝廷嘉之，就除一縣宰。曾於衲僧處得落星石一片。僧云：「於蜀路早行，見星墜於前，遂圍數尺掘之，得片石，如斷磬。其一端有雕刻狻猊之首，亦如磬，有孔，穿絛處尚光滑。豈天上樂器毁而墜歟？」此石後流轉到綽安邑宅中〔八〕。

14 清夜遊西園圖，顧長康畫。有梁朝諸王跋尾處，云：「圖上若干人，並食天廚。」語出諸子書，檢尋未得。貞觀中〔九〕，褚河南裝背，題處具在。本張惟素家收得〔一〇〕，惟素，從申之子。傳至相國張公弘靖。元和中，准宣索〔一一〕，并鍾元常寫道德經同進入内。時張公鎮并州，進圖表李太尉衛公作也。後中貴人崔潭峻自禁中將出，復流傳人間。惟素子周封，前涇州從事，在京。一日，有人將此圖求售，周封驚異之，遽以絹數疋贖得。經年，忽聞款關甚急，問之，見數人同稱仇中尉傳語評事，知清夜圖在宅，計閑居家貧，請以絹三百疋易之。周封憚其迫脅，遽以圖授使人，明日果賫絹至。後方知詐僞，乃是一力足人〔一二〕，求江淮大鹽院，時王庶人涯判鹽鐵，酷好書畫，謂此人曰：「爲余訪得此圖，然遂公所請〔一三〕。」因爲計取耳。及十二家事起〔一四〕，復落在一粉鋪內。郭侍郎承嘏閽者以錢三百買得，獻郭。郭公卒〔一五〕，又流傳至令狐家〔一六〕。宣宗嘗問相國有何名畫，相國具以圖對，復進入內。賓護親見相國說。

15 公嘗於貴人家，見梁昭明太子腦骨〔一七〕，微紅而潤澤，抑異於常也。

16 又嘗見人腊，長尺許，眉目、手足悉具，或以爲僬僥人也。〔一八〕

17 又說表弟盧某，一日碧空澄澈，仰見仙人乘鶴而過，別有數鶴飛在前後，適覩自一鶴背遷一鶴背，亦如人換馬之狀〔一九〕。

18 國朝李嗣真評畫云〔二〇〕：「顧畫屈居第二〔二一〕。」然虎頭又伏衛協畫北風圖。北風圖，毛詩義〔二二〕。

19 公平康里宅〔二三〕，乃崔司業融舊第，有司業題壁處猶在。

20蜀王嘗造千面琴，散在人間。蜀王即隋文之子楊秀也。

21又李汧公取桐孫之精者〔二四〕，雜綴爲之，謂之百衲琴。用蝸殼爲徽，其間三面尤絶異，通謂之「響泉」、「韻磬」。絃一上，可十年不斷。

22兵部李員外約〔二五〕，汧公之子也。識度清曠，迥出塵表。與主客張員外諗同棄官〔二六〕，并韋徵君況牆東遯世，不婚娶，不治生業。李尤厚於張，每與張匡牀静言，達旦不寢，人莫得知。贈張詩曰：「我有心中事，不向韋二説〔二七〕。秋夜洛陽城，明月照張八。」諗即尚書公之群從。

23佛像本胡夷，朴陋，人不生敬。今之藻繪雕刻，自戴顒始也〔二八〕。顒嘗刻一像，自隱帳中，聽人臧否，隨而改之。如是者積十年，厥功方就。

24絳州碧落碑文，乃高祖子韓王元嘉四男爲先妃所製〔二九〕，陳惟玉書。今不知者，妄有指説，非也。

25荀輿能書，嘗寫狸骨治勞方〔三〇〕，右軍臨之，至今謂之狸骨帖。

26古碑皆有圓空音孔，蓋碑者，悲也，本墟墓間物〔三一〕，每一墓有四焉。初葬，穿繩於空以下棺，乃古懸窆之禮。禮曰：「公室視豐碑，三家視桓楹。」人因就紀其德，由是遂有碑表。數十年前，有樹德政碑，亦設圓空，不知根本，甚失。後有悟之者，遂改焉。

27公自述：高伯祖嘉祐，開元中爲相州都督，廨宇有災異，郡守物故者連累政〔三二〕。將軍嘉祐終金吾將軍至，則於正寢整衣冠，通夕而坐。夜分，忽肅屏間聞歎息聲，俄有人自西廡而出，衣巾藍縷，形器憔悴，歷階而上，直至于前。將軍因厲聲問曰：「是何神祇，來至於此！」答曰：「余後周將尉遲迥也〔三三〕。死於此地，遺體尚存，願託有心，得畢葬祭。前牧守者，皆膽薄氣劣，驚悸而終，非余所害。」又指一十餘歲女子曰：「此余之女也，同瘞廡下。」明日，將軍召吏發掘，果得二骸。備衣衾棺器，禮而葬之。越二夕，復出感謝，因曰：「余無他能報效，願裨公政，節宣水旱，唯所命焉。」將軍遂以事上聞，請置廟，歲時血食。上特降書詔褒異，勒碑叙述，今相州碑廟見在。

28中書令河東公〔三四〕，開元中居相位。有張憬藏者，能言休咎，一日忽詣公，以一幅紙大書「台」字授公。公曰：「余見居台司，此何意也？」後數日，貶官台州刺史。

29河東公鎮并州，上問：「有何事，第言之。」奏曰：「臣有弟嘉祐，遠牧方州〔三五〕，手足支離，常繫念慮。」上因口敕張嘉祐可忻州刺史，河東屬郡。上意不疑，張亦不讓〔三六〕，豈非至公無隱、出於常限者乎？

30王平南廙〔三七〕，右軍之叔也。善書畫，嘗謂右軍：「吾諸事不足法，惟書畫可法。」晉明帝師其畫〔三八〕，王右軍學其書焉。

31宣平太傅相國盧公，應舉時，寄居壽州安豐縣別墅。嘗遊芍陂，芍字今呼爲鵲，革下芍藥之芍，按魏志，是芍音着多。見里人負薪者，持碧蓮花一朵，已傷器刃矣，公驚問之〔三九〕，云「陂中得之」。盧公後從事浙西，因使淮服，話於太尉衛公。公令搜訪芍陂，則無有矣。又遍尋於江渚間，亦終不能得。乃知向者一朵，蓋神異耳。

32京國頃歲街陌中有聚觀戲場者，詢之，乃二刺蝟對打，令既合節奏，又中章程。時座中有前將作李少監韞，亦云曾見。

33京城佛寺，率非真僧，曲檻迴廊，户牖重複。有一僧室，當門有櫃，扃鎖甚牢。竊知者云：「自櫃而入，則别有幽房邃閣，詰曲深嚴，囊橐奸回，何所不有。」

34牛相公僧孺鎮襄州日，以久旱祈禱無應，有處士不記名姓，衆云豢龍者〔四〇〕，公請致雨。處士曰：「江漢間無龍，獨一湫泊中有之，黑龍也。强驅逐，必慮爲災〔四一〕，難制。」公固命之。果有大雨，漢水泛漲，漂溺萬户。處士懼罪，亦亡去。十年前，有人他處見猶在。

35汲冢書，蓋魏安釐王冢，晉時衛郡汲縣耕人於古冢中得之。竹簡漆書，科斗文字，雜寫經史，與今本校驗，多有異同。耕人姓不，不字呼作彪，其名曰準，出春秋後序，文選中注出〔四二〕。

36王内史書帖中，有與蜀郡守朱不記名書，求櫻桃來禽，日給藤子。來禽，言味甘來衆禽也。俗作林檎。又云：「胡桃種已成矣。」又問：「司馬相如、揚子雲有後否？蜀城門是司馬錯所製，存乎？」

37盧元公鈞奉道，暇日與賓友話言，必及神仙之事。云：某有表弟韋卿材，大和中選授江淮縣宰，赴任出京日，親朋相送，離灞滻時已曛暮矣。行一二十里外，覺道路漸異，非常日經過處。既而望中有燈燭熒煌之狀，林木蔥蒨，似非人間。頃之，有謁於馬前者，如州縣候吏，問韋曰：「自何至此？此非俗世。」俄頃，復有一人至前，謂謁者曰：「既至矣，則須速報上公。」韋問曰：「上公何品秩也？」吏亦不對，却走而去。逡巡，遞聲連呼曰〔四三〕：「上公屈。」韋下馬，趨走入門〔四四〕，則峻宇雕墻，重廊複閣，侍衛嚴肅，擬於王侯。見一人，年僅四十，戴平上幘，衣素服，遥謂韋曰：「上階。」韋拜而上。命坐，慰勞久之，亦無肴酒湯果之設。徐謂韋曰：「某因世亂，百家相糺，竄避於此。推某爲長〔四五〕，强謂之『上公』。爾來數百年，無教令約束，但任之自然而已。公得至此，塵俗之幸也。不可久留，當宜速去。」命取絹十疋贈之〔四六〕。韋出門上馬，却尋舊路，迴望亦無所見矣。半夜朧月，信馬而行，至明則已在官路。逆旅暫歇，詢之於人，且無能知者。取絹視之，光白可鑒。韋遂驟却入關，詣相國〔四七〕，具述其事，因以戔戔分遺親愛〔四八〕，相國得絹，亦裁製自服。韋云：「約其處，乃在驪山藍田之間。蓋地仙也。」

38顧況字逋翁，文詞之暇，兼攻小筆。嘗求知新亭監，人或詰之，謂曰：「余要寫貌海中山耳。」仍辟善畫者王默爲副知也〔四九〕。

39世言牡丹花近有，蓋以國朝文士集中無牡丹歌詩〔五〇〕。張公嘗言〔五一〕，楊子華有畫牡丹處極分明。子華，北齊人，則知牡丹花亦已久矣。

40又説：顧況志尚疏逸，近於方外，有時宰曾招致，將以好官命之。況以詩答曰：「四海如今已太平，相公何用唤狂生〔五二〕。此身還似籠中鶴，東望滄洲叫一聲〔五三〕。」後吴中皆言況得道解化去。

41有黄金生者〔五四〕，擢進士第，人問：「與頗同房否？」對曰：「別洞。」黄本溪洞豪姓，生故以此對。人雖咍之，亦賞其真實也。

42王僧虔，右軍之孫也。齊高帝嘗問曰：「卿書與我書孰優？」對曰：「臣書人臣第一，陛下書帝王第一。」帝不悦。後嘗以檝筆書〔五五〕，恐爲帝所忌故也。

43陸暢字達夫，常爲韋南康作蜀道易，首句曰：「蜀道易，易於履平地。」南康大喜，贈羅八百疋。南康薨，朝廷欲繩其既往之事，復閲先所進兵器，刻「定秦」二字〔五六〕，不相與者因欲構成罪名。暢上疏理之，云：「臣在蜀日，見造所進兵器。『定秦』者，匠之名也。」由是得釋。蜀道難，李白罪嚴武也。暢感韋之遇，遂反其詞焉。〔五七〕

44聖善寺銀佛，天寶亂，爲賊截將一耳。後少傅白公奉佛，用銀三鋌添補〔五八〕，然不及舊者。會昌拆寺，命中貴人毁像，收銀送内庫中。人以白公所添鑄，比舊耳少銀數十兩，遂詣白公索餘銀，恐涉隱没故也。

45又云：士張林説，毁寺時〔五九〕，分遣御史檢天下所廢寺〔六〇〕，及收録金銀佛像。有蘇監察者不記名，巡覆兩街諸寺，見銀佛一尺以下者多袖之而歸，謂之蘇杠烏講反佛〔六一〕。或問温庭筠：「將何對好？」遽曰：「無以過蜜陁僧也〔六二〕。」

46果州謝真人上昇前〔六三〕，玉帝錫以馬鞍爲信〔六四〕，意者使其安心也。刺史李堅遺之玉念珠，後問「念珠在否」，云「已在紫皇之前矣〔六五〕」。一日，真人於紫極宫置齋，金母下降，郡郭處處有虹霓雲氣之狀。至白晝輕舉，萬目覩焉。

47魏受禪碑，王朗文，梁鵠書，鍾繇鐫字，謂之三絶。鐫字皆須妙於篆、籀，故繇方得鐫刻〔六六〕。

48張懷瓘書斷曰：篆、籀、八分、隸書、艸書、章艸、飛白、行書，通謂之八體。而右軍皆在神品。右軍嘗醉書數字，點畫類龍爪，後遂有龍爪書。如科斗、玉筯、偃波之類，諸家共五十二般〔六七〕。

49公云：舒州灊山下有九井，其實九眼泉也。旱即煞一犬投其中，大雨必降，犬亦流出。

50又南中久旱〔六八〕，即以長繩繫虎頭骨投有龍處，入水即數人牽制不定〔六九〕。俄頃雲起潭中，雨亦隨降。龍虎，敵也，雖枯骨猶激動如此〔七〇〕。

51五星惡浮屠像，今人家多圖畫五星雜於佛事中，或謂之禳災者，真不知也。

52武后朝宰相石泉公王方慶，琅琊王也〔七一〕。武后嘗御武成殿閱書畫，問方慶曰：「卿家舊法書存乎？」方慶遂集自右軍已下至僧虔、智永禪師等二十五人〔七二〕，各書一卷進上。后命崔融作序，謂爲寶章集，亦曰王氏世寶也。

53今延英殿，靈芝殿也，謂之小延英。苗韓公居相位，以足疾步驟微蹇，上每於此待之。辛相對於小延英，自此始也。

54臺儀：自大夫已下至監察，通謂之五院御史。國朝踐歷五院者共三人，爲李尚隱〔七三〕、張魏公延賞、温僕射造也。

55裴岳者，久應舉，與長興于左揆友善。曾有一古鏡子，乃神物也。于相布素時得一照，分明見有朱衣吏導從。他皆類此。賓護與岳微親，面詰之，云「不虚」。旋亦墜失。

56陳朝謝赫善畫，嘗閱秘閣，歎伏曹不興所畫龍首，以爲若見真龍〔七四〕。

57陶貞白所著太清經，一名劍經，凡學道術者，皆須有好劍、鏡隨身。又説，干將、莫耶劍，皆以銅鑄，非鐵也。按隱居古今刀劍録云：自古好刀劍多投伊水中，以禳膝人之妖。蓋伊水中有怪異似人，膝脛已下至腳，有首鼻口耳手足，常損害人矣。

58八分書起於漢時王次仲。次仲有道術〔七五〕，詔徵聘，於車中化爲大鳥飛去，墜二翮於地〔七六〕。今有大翮山，在常山郡界〔七七〕。

59兵部李約員外嘗江行，與一商胡舟檝相次。商胡病，固邀相見〔七八〕，以二女託之，皆絕色也，又遺一珠，約悉唯唯。及商胡死，財寶數萬，約悉籍其數送官〔七九〕，而以二女求配。始殮商胡時，約自以夜光含之，人莫知也。後死商胡有親屬來理資財，約請官司發掘驗之，夜光果在。其密行皆此類也。

60公云：牧弘農日，捕獲伐墓盜十餘輩〔八〇〕，中有一人請間言事。公因屏吏獨問。對曰：「某願以他事贖死〔八一〕。盧氏縣南山堯女塚，近亦曾爲人開發，獲一大珠并玉盌，人亦不能計其直，餘寶器極多，世莫之識也。」公因遣吏按驗，即塚果有開處。旋獲其盜〔八二〕，考訊，與前通無異〔八三〕。及牽引其徒，稱皆在商州治務中。時商牧名卿也，州移牒，公致書，皆怒而不遣。竊知者云：「珠玉之器，皆入京師貴人家矣。」公前歲自京徒步東出，過盧氏，復問邑中，具如所說。然史傳及地里書並不載此塚。且堯女，舜妃也，皆死於湘嶺，今所謂者，豈傳說之誤歟？矧貽訓於茅茨土階，不宜有厚葬之事，即此塚果何人哉？

61飛白書始於蔡邕，在鴻都門見匠人施堊箒〔八四〕，遂創意焉。梁蕭子雲能之。武帝謂曰：「蔡邕飛而不白，羲之白而不飛，飛白之間，在斟酌耳〔八五〕。」嘗大書「蕭」字，後人匣而寶之。傳至張氏，賓護東都舊第有蕭齋，前後序引，皆名公之詞也。

62杜紫微頃於宰執求小儀不遂，請小秋又不遂。嘗夢人謂曰：「辭春不及秋，昆腳與皆頭。」後果得比部員外。又杜公自述，不曾歷小比，此必傳之誤。

63楊祭酒敬之愛才，公心嘗知江表之士項斯，贈詩曰：「處處見詩詩總好，及觀標格過於詩。平生不解藏人善，到處相逢説項斯〔八六〕。」項斯因此名振〔八七〕，遂登高科也。

64東都頃年創造防秋館〔八八〕，穿掘多得蔡邕鴻都學所書石經。後洛中人家往往有之〔八九〕。

65王内史借船帖，書之尤工者也，故山北盧尚書匡寶惜有年。公致書借之〔九〇〕，不得，云：「只可就看，未嘗借人也。」盧公除潞州〔九一〕，旗節在途〔九二〕，纔數程，忽有人將書帖就公求售〔九三〕，閲之，乃借船帖也。公驚異問之，云：「盧家郎君要錢，遣賣耳。」公歎異移時，不問其價，還之。後不知落於何人。

66京師書儈孫盈者，名甚著。盈父曰仲容〔九四〕，亦鑒書畫，精於品目。豪家所寶，多經其手，真僞無逃焉。王公借船帖是孫盈所蓄，人以厚價求之不果。盧公其時急切，減而賑之，曰：「錢滿百千方得。」盧公，韓太沖外孫也〔九五〕，故書畫之尤者，多閱而識焉。

67嘗有一淪落衣冠，以先人執友方爲邦伯，因遠投謁，冀有厚需〔九六〕。及謁見，即情極尋常，所賚至寡。歸無道路之費，愁怨動容，因閑步長衢，歎吒不已。忽有一人，衣服垢弊，行過於前，迴目之曰：「公有不平之氣，余願知之。」因具告情旨。答曰：「止於要厚卹，小事耳。今夜可宿某舍。」至暮往，即已遲望門外。遂延入，謂之曰：「余隱者也，見爲縣獄卒，要在濟人之急。」既夜分，取一椀合於面前，俄頃揭看，見一班白紫綬者，纔長數寸。此人詬責之曰：「與人有分，不卹其孤，可乎！」紫衣者遜謝久之。復用椀覆於地，更揭之，則無有矣。明日平旦，聞傳聲覓某秀才甚急，往則紫衣斂板以待，情義頓濃，遂贈數百縑，亦不言其事，豈非仙術乎？

68□經云〔九七〕：佛教上屬鬼宿，蓋神鬼之事，鬼暗則佛教衰矣。吴先生嘗稱有靈鬼録，佛乃一靈鬼耳。

69李抱真之鎮潞州也，軍資匱闕，計無所爲。有老僧，大爲郡人信服，抱真因詣之，謂曰：「假和尚之道以濟軍中，可乎？」僧曰：「無不可。」抱真曰：「但言請於鞠場焚身〔九八〕，某當於使宅鑿一地道通連，候火作，即潛以相出。」僧喜，從之，遂陳狀聲言。抱真命於鞠場積薪貯油,因爲七日道場,晝夜香燈,梵唄雜作。抱真亦引僧入地道,使之不疑。僧仍升座執爐,對衆說法。抱真率監軍僚屬及將吏,膜拜其下,以俸入檀施,堆於其旁。由是士女駢填,捨財億計。滿七日,遂送柴積,灌油發焰,擊鐘念佛。抱真密已遣人填塞地道,俄頃之際,僧薪並灰。數日,籍所得貨財〔九九〕,輦入軍資庫,別求所謂舍利者數十粒,造塔貯焉。

70又說,洛中頃年有僧,得數粒所謂舍利者,貯於瑠璃器中,晝夜香燈,檀施之利〔一〇〇〕,日無虛焉。有士子迫於寒餒,因請僧,願得舍利,掌而觀瞻。僧遂出瓶授與,遽即吞之。僧惶駭如狂,復慮聞之於外。士子曰:「與吾幾錢,當服藥出之。」僧聞喜,遂贈二百緡,仍取萬病丸與喫〔一〇一〕。俄頃洩痢,以盆盎盛貯,濯而收之。此一事東都儲隱説,後即江表詩人路豹所爲。豹非苟於利者,乃剛正之性,以懲無良。豹與張祜、崔涯三人〔一〇二〕,爲文酒之侶也。

71章仇兼瓊鎮蜀日,佛寺設大會,百戲在庭。有十歲童兒一作女童〔一〇三〕,舞於竿杪。忽有物狀如鵰鶚,掠之而去。群衆大駭,因而罷樂。後數日,其父母見在高塔之上,梯而取之,則神如癡〔一〇四〕。久之方語,云:「見如壁畫飛天夜叉者,將入塔中,日飼菓實飲饌之味〔一〇五〕,亦不知其所自。」旬日方精神如初。

72晉書中有飲食名「寒具」者,亦無注解處。後於齊人要術并食經檢得,是今所謂鐶餅。桓玄嘗盛具法書名畫〔一〇六〕，請客觀之。客有食寒具，不濯手而執書畫，因有涴〔一〇七〕。玄不懌，自是會客不設寒具。

73昌黎生者，名父子也，雖教有義方，而性頗闇劣。嘗爲集賢校理，史傳中有説金根車處，皆臆斷之曰：「豈其誤歟？必金銀車。」悉改「根」字爲「銀」字。至除拾遺，果爲諫院不受。俄有以故人子憫之者，因辟爲鹿門從事也。

74今謂進士登第爲遷鶯者久矣。蓋自伐木詩〔一〇八〕：「伐木丁丁，鳥鳴嚶嚶。出自幽谷，遷于喬木。」又曰：「嚶其鳴矣，求其友聲。」並無「鶯」字。頃歲省試早鶯求友詩，又鶯出谷詩，別書固無證據，豈非誤歟？

75東晉謝太傅墓碑，但樹貞石，初無文字。蓋重難製述之意也。

76西平王始將禁軍在蜀戍蠻，與張魏公不叶，及西平功高居相位，德宗欲追魏公者數四，慮西平不悦而罷。後上令韓晉公善説，然後並處中書。一日，因内宴禁中，出瑞錦一疋，令繫兩人一處，以示和解之意。

77潞州啟聖宮有明皇帝欹枕斜書壁處，并腰鼓、馬槽並在。公爲潞州從事〔一〇九〕，皆見之。

78千字文，梁周興嗣編次，而有王右軍書者，人皆不曉。其始乃梁武教諸王書，令殷鐵石於大王書中搨一千字不重者，每字片紙，雜碎無序。武帝召興嗣，謂曰：「卿有才思，爲我韻之。」興嗣一夕編綴進上〔一一〇〕，鬢髮皆白，而賞賜甚厚。右軍孫智永禪師〔一一一〕，自臨八百本，散與人間〔一一二〕，江南諸寺，各留一本。永公住吳興永欣寺〔一一三〕，積年學書，禿筆頭十甕，每甕皆數石〔一一四〕。人來覓書并請題額者如市〔一一五〕，所居户限爲之穿穴，乃用鐵葉裹之，人謂爲鐵門限。後取筆頭瘞之，號爲「退筆塚」，自製銘誌。

79孫季雍著葬經〔一一六〕，又有著葬略者，言葬用吉禮，僧尼並不可令見之也。

80鄭廣文學書而病無紙，知慈恩寺有柿葉數間屋，遂借僧房居止，日取紅葉學書，歲久殆遍。後自寫所製詩并畫，同爲一卷封進。玄宗御筆書其尾，曰「鄭虔三絕」。

81郭侍郎承嘏，嘗寶惜書法一卷〔一一七〕，每攜隨身〔一一八〕。初應舉，就雜文試，寫畢，夜色猶早，以紙緘裹置於篋中，及納試，而誤納所賷書帖[二九]。却歸鋪，於燭籠下取書帖覯覽，則程試宛在篋中，忽遽驚嗟，計無所出。來往於棘圍門外，見一老吏，詢其事，具以實告。吏曰：「某能換之，然某家貧，居興道里，儻換得，願以錢三萬見酬。」公悦而許之。逡巡，賫程試往而易書帖出[三〇]，授公，公媿謝而退。明日歸親仁里，自以錢送詣興道[三一]。款關久之，吏有家人出，公以姓氏質之，對曰：「主父死三日[三二]，方貧[三三]，未辦周身之具。」公驚歎久之，方知棘圍所見乃鬼也。遂以錢贈其家而去。余在京，曾侍太傅相國盧公宴語，親聞其事。今又得於張公，方審其異也云爾。

校勘記

[一] 多聞遠邁於胥臣　「胥臣」原作「咠臣」，據類説卷四十五尚書故實護賓改。按國語晉語四：「先軫有謀，胥臣多聞。」

[二] 太武是陵廟中玉册定□　「定□」，畿輔本作「所稱」，四庫本無空缺。

[三] 神堯乃毋后追尊　按，唐高祖於高宗上元元年上尊號「神堯皇帝」，天寶十三載上尊號「神堯大聖大光孝皇帝」（見舊唐書高祖紀、高宗紀、玄宗紀），此處「毋后」二字疑誤。

[四] 字紫微　司馬承禎字子微，見兩唐書本傳、雲笈七籤卷五真系王屋山貞一司馬先生、歷代名畫記卷九、續仙傳卷下司馬承禎等。

〔五〕白鶴滿庭　類説卷四十五尚書故實白雲車作「白雲」。

〔六〕直來牀前　「牀」，劉賓客嘉話録作「房」。

〔七〕相國寵姬韓氏　劉賓客嘉話録於「韓氏」後有「號静君」三字。

〔八〕此石後流轉到綽安邑宅中　太平廣記卷二百三李師誨引尚書故實作「到安邑李甫宅中」。

〔九〕貞觀中　此三字至「復進入内」，底本及重編説郛本另分作一條，畿輔本、太平廣記卷二百一十顧愷之引尚書故實、唐語林卷七、圖畫見聞志卷五西園圖皆與前合爲一條，據文義當合作一條。

〔一〇〕本張惟素家收得　「惟」，原作「維」，據太平廣記卷二百一十顧愷之引尚書故實改。後「惟素從中之子」、「惟素子周封」，原本亦作「維」，並改之。按，舊唐書敬宗紀記長慶四年六月工部侍郎張惟素卒，韓愈有舉張惟素自代狀，即此人。

〔一一〕淮宣索　太平廣記卷二百一十顧愷之引尚書故實作「宣惟素」，誤。按歷代名畫記卷一敘畫之興廢，張彦遠記元和十三年，憲宗降宸翰於高平公張弘靖，「索其所珍」，「以鍾、張、衛、索真跡各一卷，二王真跡各五卷，魏、晉、宋、齊、梁、陳、隋雜跡各一卷，顧、陸、張、鄭、田、楊、董、展泊國朝名手畫合三十卷表上」。所敘即此事。

〔一二〕乃是一力足人　「力足人」，太平廣記卷二百一十顧愷之引尚書故實、唐語林卷七、圖畫見聞志卷五西園圖作「豪士」。

〔一三〕然遂公所請　「然」，唐語林卷七、圖畫見聞志卷五西園圖作「當」。

〔一四〕及十二家事起　「十二家」，唐語林卷七、南部新書丙、圖畫見聞志卷五西園圖作「十家」。

〔一五〕郭公卒　原無「卒」字，據太平廣記卷二百一十顧愷之引尚書故實、圖畫見聞志卷五西園圖補。

〔一六〕又流傳至令狐家　「令狐」，唐語林卷七、圖畫見聞志卷五西園圖作「令狐枏」。

〔一七〕見梁昭明太子腦骨　「腦」，類説卷四十五尚書故實梁昭明脛骨、劉賓客嘉話録作「脛」。

〔一八〕此條類説卷四十五尚書故實梁昭明脛骨、劉賓客嘉話録均與上條合爲一條。

〔一九〕亦如人換馬之狀　「換」，類説卷四十五尚書故實仙人乘鶴作「控」。

〔二〇〕國朝李嗣真評畫云　「畫」，原作「事」，據畿輔本、太平廣記卷二百一十四雜編引尚書故實改。按舊唐書李嗣真傳不載其曾爲大理評事，記其有畫品一卷。新唐書藝文志雜藝術類著録李嗣真畫後品一卷。張彦遠歷代名畫記時引李嗣真語，當即出其畫品，而張彦遠但言御史大夫李嗣真、李大夫，不言評事之職，故此當爲「評畫」。

〔二一〕顧畫屈居第二　「二」，原作「一」，畿輔本、太平廣記卷二百一十四雜編引尚書故實作「二」，當是。按歷代名畫記卷五衛協條：「李嗣真云：衛（協）之迹雖有神氣，觀其骨節，無累多矣。顧生天才傑出，何區區荀、衛，敢居其上？彦遠以衛協品第在顧生之上，初恐未安，及覽顧生集，有論畫一篇，歎服衛畫北風、列女圖，自以爲不及，則不妨顧在衛之下。」同卷顧愷之條又云：「李嗣真云：顧生天才傑出，獨立亡偶，何區區荀、衛，而可濫居篇首？不興又處顧上。謝評甚不當也。顧生思侔造化，得妙物於神會，足使陸生失步，荀侯絶倒，以顧之才流，豈合甄於品彙，列於下品，尤所未安。今顧、陸請同居上品。」據此可知，李嗣真以爲謝赫畫品將顧愷之居衛協之下不當。李綽得之傳聞，誤以爲李嗣真云顧愷之屈居第二。

〔二二〕北風圖毛詩義　此六字，太平廣記卷二百一十四雜編引尚書故實無，另有注文「此圖嘗在韓吏部家」八字。按歷代名畫記卷五衛協條云：「顧愷之論畫云：『七佛與大列女皆協之迹，偉而有情勢。毛詩北風圖亦協手，巧密於情思。』此畫短卷，八分題。元和初，宗人張惟素將來，余大父答以名馬并絹二百疋。惟素後却索將，貨與韓侍郎愈之子昶，借與故相國鄒平段公家，以模本歸於昶。彦遠會昌元年見段家本，後又於襄州從事見韓家本。」可知底本與太平廣記所引注文皆有所據。

〔二三〕公平康里宅　「公」，太平廣記卷二百一十四雜編引尚書故實作「張弘靖」。

〔二四〕又李汧公取桐孫之精者　「桐孫」，太平廣記卷二百三李勉引尚書故實作「桐梓」。紺珠集卷五嘉話録百衲琴作「桐孫」。按，「桐孫」是。庾信詠樹詩：「楓子留爲式，桐孫待作琴。」

〔二五〕兵部李員外約　此句末原有「言」字，據太平廣記卷一百六十八李約引尚書故實、南部新書丁删。按因話録卷二云：「兵部員外郎約，汧公之子也。」李約是李汧公李勉之子。本書第五十九條亦云「兵部李約員外嘗江行」。

〔二六〕與主客張員外諗同棄官　太平廣記卷一百六十八李約引尚書故實、南部新書丁無「棄」字。

〔二七〕不向韋二説　「韋二」，南部新書丁、唐詩紀事卷三十一李約作「韋三」。

〔二八〕自戴顒始也　歷代名畫記卷五戴逵條云：「逵既巧思，又善鑄佛像及雕刻。曾造無量壽木像，高丈六，并菩薩。逵以古制朴拙，至於開敬不足動心，乃潛坐帷中，密聽衆論，所聽褒貶，輒加詳研，積思三年，刻像乃成。」同卷又引彦遠曰：「洎戴氏父子，皆善丹青，又崇釋氏，範金賦采，動有楷模。至如安道潛思於帳内，仲若懸知其臂胛，何天機神巧也。」則始刻佛像事當屬戴顒父戴逵。

〔二九〕乃高祖子韓王元嘉四男爲先妃所製　劉賓客嘉話録於「四男」下有小字注「訓誼譔諶」。按，今存碧落碑亦可見「哀子李訓、誼、譔、諶，銜恤在疚，寘懷靡所」云云。韓王元嘉有子訓、誼、譔，見舊唐書韓王元嘉傳。歐陽脩集古録卷五唐龍興宫碧落碑以爲，史書無諶，「蓋史官之闕也」。

〔三〇〕嘗寫狸骨治勞方　「狸骨治勞方」，劉賓客嘉話録作「狸骨方」，三字後小注：「狸骨理勞方也。」

〔三一〕悲也本墟墓間物　原作「悲本也墟墓間物」，「本」、「也」二字，據重編説郛本、畿輔本、類説卷四十五尚書故實碑孔乙。

〔三二〕郡守物故者連累政　此句疑有誤訛。舊唐書張嘉祐傳云：「相州自開元已來，刺史死貶者十數人。」

〔三三〕余後周將尉遲迥也　「迥」各本作「迴」，舊唐書張嘉祐傳記張嘉祐爲相州刺史時，「訪知尉遲迥周末爲相州總管，身死國難，乃立其神祠以邀福」。董逌廣川書跋卷七尉遲迥碑引「唐説」載此事亦作尉遲迥。周書卷二十一有尉遲迥傳。據改。

〔三四〕中書令河東公　太平廣記卷七十七張景藏引尚書故實作「中書令河東公裴光庭」。按，此處河東公指張嘉貞，開元十二年坐與王守一交往，左轉台州刺史，見舊唐書本傳。新唐書方技張憬藏傳記爲裴光廷事，紺珠集卷三尚書故實大書台字亦稱「張景藏詣裴光庭」，均誤。

〔三五〕遠牧方州　劉賓客嘉話録於此下有小字注文「不記去處」。按其地舊唐書張嘉貞傳稱「鄗州别駕」。

〔三六〕張亦不讓　「張」，劉賓客嘉話録作「公」。

〔三七〕王平南廙　「廙」，劉賓客嘉話録爲小字。

〔三八〕晉明帝師其畫　「晉明帝」前，重編説郛本、畿輔本有「後」字。
〔三九〕公驚問之　四字原無，據太平廣記卷四百九碧蓮花引尚書故實補。
〔四〇〕衆云豢龍者　「衆」，太平廣記卷四百二十三豢龍者引尚書故實作「自」。
〔四一〕强驅逐必慮爲災　太平廣記卷四百二十三豢龍者引尚書故實作「强驅逐之慮爲災」。
〔四二〕出春秋後序文選中注出　「序」原作「字」，據四庫本、太平廣記卷二百六汲冢書引尚書故實改。「文選中注出」，太平廣記無「出」字。又，此條文末之小字注文，劉賓客嘉話録作「耕人忘其姓名」。
〔四三〕遞聲連呼曰　「遞」，太平廣記卷四十八韋卿材引尚書故實作「遽」。
〔四四〕趨走入門　「趨」，原作「趍」，四庫本作「趨」，太平廣記卷四十八韋卿材引尚書故實同，據改。
〔四五〕推某爲長　太平廣記卷四十八韋卿材引尚書故實作「衆推爲長」。
〔四六〕命取絹十疋贈之　「絹」，原作「綃」，據太平廣記卷四十八韋卿材引尚書故實改。後之「取綃視之」、「相國得綃」，亦據太平廣記改作「絹」。
〔四七〕韋遂驟却入關詣相國　太平廣記卷四十八韋卿材引尚書故實作「韋遂裹却入京詣親友」。
〔四八〕因以戔戔分遺親愛　「戔戔」，太平廣記卷四十八韋卿材引尚書故實作「絹」。
〔四九〕仍辟善畫者王默爲副知也　太平廣記卷二百一十三顧況引尚書故實無「知」字。
〔五〇〕蓋以國朝文士集中無牡丹歌詩　「國朝」，太平廣記卷四百九敍牡丹引尚書故實作「隋末」，劉賓客嘉話録作「前朝」。
〔五一〕張公嘗言　劉賓客嘉話録無「張」字。

〔五二〕相公何用喚狂生　「用」，太平廣記卷二百二顧況引尚書故實作「事」。

〔五三〕東望滄洲叫一聲　太平廣記卷二百二顧況引尚書故實作「東望滄溟叫數聲」，南部新書乙作「東望瀛洲叫一聲」，類説卷四十五尚書故實顧況詩作「東望滄溟叫一聲」。

〔五四〕有黄金生者　「黄金生」，太平廣記卷一百八十四黄生引尚書故實作「黄生」。

〔五五〕後嘗以檝筆書　劉賓客嘉話録作「嘗以撅筆書」。

〔五六〕刻定秦二字　劉賓客嘉話録作「其上皆刻之秦二字」。

〔五七〕太平廣記卷四百九十六陸暢引尚書故實，文字有異，云：「李白嘗爲蜀道難歌曰：『蜀道難，難于上青天。』白以刺嚴武也。後陸暢復爲蜀道易曰：『蜀道易，易于履平地。』暢佞韋皋也。初暢受知于皋，乃爲蜀道易獻之。皋大喜，贈羅八百疋。及韋薨，朝廷欲繩其既往之事，復閲先所進兵器，刻『定秦』二字。不相與者因欲構成罪名。暢上疏理之云：『臣在蜀日，見造所進兵器，「定秦」者，匠名也。』由是得釋。」

〔五八〕用銀三鋌添補　原無「用」字，據劉賓客嘉話録補。

〔五九〕士張林説毁寺時　太平廣記卷一百七十四温庭筠引尚書故實作「會昌毁寺時」，類説卷四十五尚書故實、紺珠集卷三尚書故實蘇扛佛作「會昌毁寺」。

〔六〇〕分遣御史檢天下所廢寺　「廢」，原作「齊」，畿輔本作「廢」，太平廣記卷一百七十四温庭筠引尚書故實同。據改。

〔六一〕謂之蘇杠佛　「杠」，太平廣記卷一百七十四温庭筠引尚書故實、類説卷四十五尚書故實蘇扛佛、紺珠集卷三尚書故實蘇扛佛作「扛」，二字通用。

〔六二〕無以過蜜陁僧也　「蜜」原作「密」，四庫本、類説卷四十五尚書故實蘇扛佛、紺珠集卷三尚書故實蘇扛佛作「蜜」。按，「蜜」字更佳，可與「蘇」（酥）作對也。

〔六三〕果州謝真人上昇前　「州」字前底本空缺一字，重編説郛本、畿輔本作「絳」；劉賓客嘉話録作「果州」，是。劉賓客嘉話録於此句後有「在金泉山道場」六字。

〔六四〕玉帝錫以馬鞍爲信　「馬鞍」，原作「鞍馬」，劉賓客嘉話録此句作「上帝錫以馬鞍使其安心也」，太平廣記卷六十六謝自然引集仙録亦云「上仙送白鞍一具」，據乙「馬」、「鞍」二字。

〔六五〕云已在紫皇之前矣　「紫」，劉賓客嘉話録作「玉」。

〔六六〕鐫字皆須妙於篆籀故繇方得鐫刻　此段劉賓客嘉話録爲小字注文，前多一「古」字。

〔六七〕諸家共五十二般　「五十二」，太平廣記卷二百九八體引尚書故實作「二十五」。劉賓客嘉話録作「五十二」。按墨藪卷一有「五十六種書」，有龍爪、科斗、偃波之目，與二十五之數相去甚遠，此當以「五十二」爲是。

〔六八〕又南中久旱　「南中」，劉賓客嘉話録作「南山」。

〔六九〕入水即數人牽制不定　此句劉賓客嘉話録作「入水即掣不定」。

〔七〇〕龍虎敵也雖枯骨猶激動如此　此段劉賓客嘉話録爲小字注文，「猶」作「猶能」。

〔七一〕武后朝宰相石泉公王方慶琅琊王也　「王方慶琅琊王也」七字，劉賓客嘉話録爲小字注文，無「也」字。

〔七二〕方慶遂集自右軍已下至僧虔智永禪師等二十五人　據舊唐書王方慶傳、法書要録卷四唐朝敘書録、通典卷二十七、唐會要卷三十五書法，三方慶所進獻爲王導以下二十八人書，所列姓名無僧虔、智永。

〔七三〕爲李尚隱　原作「李商隱」，太平廣記卷一百八十七歷五院引尚書故實、類説卷四十五尚書故實五院御史作「李尚隱」。按李尚隱是中宗、玄宗時人，兩唐書有傳，但記其爲監察御史、殿中侍御史、御史中丞、御史大夫，漏記侍御史一職。

〔七四〕太平廣記卷二百一十曹不興引尚書故實，此條前有：「謝赫云：江左畫人吴曹不興，運（連）五千（十）尺絹畫一像，心敏手疾，須臾立成。頭面手足，胸臆肩背，無遺失尺度。此其難也，唯不興能之。」按此文見歷代名畫記卷五顧愷之，非本書文字。

〔七五〕次仲有道術　「術」字原無，據劉賓客嘉話録補。

〔七六〕墜二翮於地　「二」，原作「三」，此句劉賓客嘉話録作「遺二翮於山谷間」。按法書要録卷七八分引序仙記云：「王次仲，上谷人。……始皇時官務煩多，得次仲文簡略，赴急疾之用，甚喜，遣使召之。三徵不至，始皇大怒，制檻車送之，於道化爲大鳥，出在檻外，翻然長引，至於西山，落二翮於山上。今爲大翮、小翮山。」據此改爲「二」字。

〔七七〕今有大翮山在常山郡界　劉賓客嘉話録作「今有大翮山、小翮山，俱忘其處」。按法書要録卷七八分引魏土地記，大翮山、小翮山在沮陽縣（上谷郡治）東北六十里（今北京延慶一帶），與常山郡（中唐以後稱恒州，今河北石家莊一帶）相去頗遠。疑此句原當依劉賓客嘉話録作「今有大翮山、小翮山，偶忘其處」，李綽所記如此，後人妄改。

〔七八〕固邀相見　「固」，唐語林卷一作「因」。

〔七九〕財寶數萬約悉籍其數送官　此句原作「財寶約數萬悉籍其數送官」，唐語林卷一作「財寶鉅萬，約悉籍其數送官」，劉賓客嘉話録作「財寶數萬，約皆籍送官」。「約」字當屬下句，改之。

〔八〇〕捕獲伐墓盜十餘輩　「伐」，劉賓客嘉話録作「發」。

〔八一〕某願以他事贖死　原無「願」字，據太平廣記卷四百二張文規引尚書故實補。劉賓客嘉話録此句作「願以他事贖死」。

〔八二〕旋獲其盜　「盜」，劉賓客嘉話録作「黨」。

〔八三〕與前通無異　「通」，太平廣記卷四百二張文規引尚書故實作「言」。

〔八四〕在鴻都門見匠人施堊箒　原無「都」字，劉賓客嘉話録此句作「在鴻都學見匠人施堊帚」。按法書要録卷七飛白云：「案飛白者，後漢左中郎將蔡邕所作也。……按漢靈帝熹平年詔蔡邕作聖皇篇，篇成，詣鴻都門上，時方修飾鴻都門，伯喈待詔門下，見役人以堊帚成字，心有悦焉，歸而爲飛白之書。」據增「都」字。

〔八五〕在斟酌耳　劉賓客嘉話録作「在卿斟酌耳」。又按此句疑李綽誤記，法書要録卷七飛白云：「梁武帝謂蕭子雲言：王敬之書，白而不飛，卿書飛而不白，可斟酌爲之，令得其衷。」

〔八六〕到處相逢説項斯　「相逢」，劉賓客嘉話録作「逢人」。

〔八七〕項斯因此名振　「項斯」二字原無，據劉賓客嘉話録補。

〔八八〕東都頃年創造防秋館　「年」，原作「千」，據畿輔本、太平廣記卷二百九潞州盧引尚書故實、劉賓客嘉話録改。

〔八九〕後洛中人家往往有之　「後洛中」，劉賓客嘉話録作「至今」。

〔九〇〕公致書借之　「公」字前底本空一字，重編説郛本、四庫本、畿輔本不空。太平廣記卷二百九潞州盧引尚書故實於「公」前有「盧」字。此句劉賓客嘉話録作「張賓護致書借之」。按，此敘張彦遠向盧匡借帖，「公」字前無須他字。

〔九一〕盧公除潞州　「公」字前底本空一字，據太平廣記卷二百九潞州盧引尚書故實、紺珠集卷五嘉話録借船帖補「盧」字。

〔九二〕旗節在途　「旗」，太平廣記卷二百九潞州盧引尚書故實、劉賓客嘉話録作「旌」。

〔九三〕忽有人將書帖就公求售　「售」，原作「書」，據四庫本、畿輔本、太平廣記卷二百九潞州盧引尚書故實、劉賓客嘉話録改。

〔九四〕盈父曰仲容　歷代名畫記卷二論鑒識收藏購求閲玩：「貞元初有賣書畫人孫方顒，與余家買得真跡不少，今有男盈在長安。」本書「仲容」之名有誤。

〔九五〕韓太沖外孫也　「沖」，太平廣記卷二百九潞州盧引尚書故實作「仲」，誤。韓太沖即韓滉。

〔九六〕冀有厚需　「需」，類説卷四十五尚書故實隱者濟急作「賑」。

〔九七〕□經云　所闕之字，説郛本、畿輔本作「某」；四庫本作「佛」。

〔九八〕但言請於鞠場焚身　「鞠」，原作「鞫」，畿輔本、太平廣記卷四百九十五李抱貞引尚書故實作「鞠」，據改。珊瑚鉤詩話卷三引尚書故實作「毬」。

〔九九〕籍所得貨財　「籍」,原作「藉」,據太平廣記卷四百九十五李抱貞引尚書故實改。

〔一〇〇〕檀施之利　太平廣記卷二百六十三士子吞舍利引尚書故實在「檀越之禮」。

〔一〇一〕仍取萬病丸與喫　太平廣記卷二百六十三士子吞舍利引尚書故實作「乃服巴豆」。

〔一〇二〕豹與張祜崔涯三人　「張祜」原作「張祐」,當作張祜爲是。唐詩人張祜與崔涯相交,亦見桂苑叢談崔張自稱俠條。

〔一〇三〕有十歲童兒　「童兒」,劉賓客嘉話録作「女童」。

〔一〇四〕則神如癡　「神」,太平廣記卷三百五十六章仇兼瓊引尚書故實、劉賓客嘉話録作「神形」。

〔一〇五〕日飼菓實飲饌之味　「味」,劉賓客嘉話録作「類」。

〔一〇六〕桓玄嘗盛具法書名畫　「盛具」,劉賓客嘉話録作「陳」。

〔一〇七〕因有涴　「涴」,太平廣記卷二百九桓玄引尚書故實作「污」,劉賓客嘉話録作「污處」。

〔一〇八〕蓋自伐木詩　劉賓客嘉話録作「蓋自毛詩伐木篇詩云」。

〔一〇九〕公爲潞州從事　「公」,唐語林卷五作「張弘靖」。按兩唐書張弘靖傳未載其爲潞州從事,此是張彦遠事。

〔一一〇〕興嗣一夕編綴進上　「綴」,劉賓客嘉話録作「次」。

〔一一一〕右軍孫智永禪師　據法書要録卷三何延之蘭亭記,智永爲王羲之七代孫。

〔一一二〕散與人間　「間」,太平廣記卷二百七僧智永引尚書故實、劉賓客嘉話録作「外」。

〔一一三〕永公住吴興永欣寺　「永公」原作「永往」，「永欣寺」原作「永福寺」，據太平廣記卷二百七僧智永引尚書故實、劉賓客嘉話録、類説卷四十五尚書故實禿筆十八瓮改。按，法書要録卷三何延之蘭亭記、法書要録卷五竇臮述書賦均記智永居永欣寺。

〔一一四〕每瓮皆數石　「石」，太平廣記卷二百七僧智永引尚書故實作「千」，劉賓客嘉話録作「萬」。

〔一一五〕人來覓書并請題額者如市　「額」原作「頭」，據太平廣記卷二百七僧智永引尚書故實、紺珠集卷五嘉話録鐵門限改。

〔一一六〕孫季雍著葬經　新唐書藝文志五行類有孫季邕葬範三卷，人名、書名略異。

〔一一七〕嘗寶惜書法一卷　「書法」，太平廣記卷三百四十五郭承嘏引尚書談録、劉賓客嘉話録作「法書」。

〔一一八〕每攜隨身　「身」原作「兵」，據太平廣記卷三百四十五郭承嘏引尚書談録改。畿輔本、劉賓客嘉話録此句作「每隨身攜往」。

〔一一九〕及納試而誤納所寶書帖　「試而誤納」四字原無，據畿輔本、太平廣記卷三百四十五郭承嘏引尚書談録、劉賓客嘉話録補。

〔一二〇〕賫程試往而易書帖出　「往」，太平廣記卷三百四十五郭承嘏引尚書談録、劉賓客嘉話録作「入」。

〔一二一〕自以錢送詣興道　「詣」，原作「諸」，據太平廣記卷三百四十五郭承嘏引尚書談録、劉賓客嘉話録改。

〔一二二〕主父死三日　「父」，劉賓客嘉話録作「人」。

〔一二三〕方貧　太平廣記卷三百四十五郭承嘏引尚書談録、劉賓客嘉話録作「力貧」。

著録題跋

崇文總目史部傳記類

尚書故實一卷。李綽撰。尚書即張延賞也。綽記延賞所談，故又題曰尚書談録。

新唐書藝文志史部雜傳記類

李綽尚書故實一卷。尚書即張延賞。

鄭樵通志藝文略史類傳記列傳

尚書故實一卷。唐李綽爲張延賞客，因録延賞事。

晁公武郡齋讀書志小説類

尚書故實一卷。右唐李綽編。崇文總目謂尚書即張延賞也。綽紀延賞所談，故又題曰尚書談録。按其書稱嘉貞爲四世祖，疑非延賞也。

尤袤遂初堂書目子部小説

尚書故實。

陳振孫直齋書録解題小説家

尚書故實一卷。唐李綽撰。又名尚書談録。首言尚書河東張公三代相門，謂嘉貞、延賞、弘靖也。弘靖，盧龍失御，貶賓客分司。綽，唐末人，未必及弘靖。弘靖之後文規、次宗、彦遠，皆不登八座，未詳所謂。唐志即以爲延賞，尤不然。

宋史藝文志傳記類

李綽張尚書故實一卷。

宋史藝文志小説類

李綽一作綽尚書故實一作事一卷。

四庫全書總目卷一百二十子部雜家

尚書故實一卷安徽巡撫採進本。唐李綽撰。綽仕履未詳。考新唐書宰相世系表，趙郡李氏南祖之後，有名綽字肩孟者，爲吏部侍郎舒之曾孫，書中自稱趙郡人，或即其人歟？是書宋史藝文志凡兩載之，一見史部傳記類，一見子部小説類，而注其下云：「綽」一作「綽」，「實」一作「事」。今按曾慥類説所引，亦明標李綽之名，則作「綽」者誤矣。自序稱，賓護尚書張公，三相盛門，博物多聞。綽避難圃田，每容侍話，凡聆徵引，必異尋常，遂纂集尤異作此書。蓋皆據張尚書之所述也。惟張尚書不著其名。新唐書藝文志沿崇文總目之譌，以張尚書爲即延賞，晁公武、陳振孫已斥其誤。然書中稱嘉貞爲四世祖，又稱嘉祐爲高伯祖，則所謂張尚書者，當在彥遠、天保、彥修、曼容諸兄弟中。其文規、次宗乃宏（弘）靖子，於嘉貞爲曾孫，不可稱高祖，振孫乃皆以其不登八座爲疑，亦非也。觀其言賓護移知廣陵，又言公除潞州旌節，則必嘗爲揚州刺史、昭義節度使者。當以史於天保諸人下略其官位，遂致無可考耳。其書雜記近事，亦兼考舊聞。如司馬承禎、王谷、盧元公、尉遲迥、韋卿材、謝真人、淪落衣冠、章仇兼瓊、郭承嘏諸條，雖頗涉語怪，然如蘭亭敘入昭陵、顧長康畫清夜遊西園圖、謝赫李嗣真評畫、百衲琴、戴容（顒）刻佛像、碧落碑、狸骨帖、寶章集、靈芝殿、佛教鬭鬼宿、昌黎生改金根車、謝安無字碑、鄭虔三絶、顧況工畫諸軼事，皆出此書。而墓碑有圓空、德政碑不當有圓空一條，楊子華畫牡丹花已見北齊一條，晉書寒具一條，省試鶯出谷詩一條，杜牧未爲比部一條，王右軍書千字文一條，尤頗有考證。王楙野客叢書引據最爲博洽，而牡丹引楊子華事，天廚引西園圖事，又引其東方朔一條證山海經事，皆據爲出典。在唐人小説中，亦因話録之亞也。惟張宏（弘）靖蕭齋記本爲李約作，原記尚存，而云蕭齋在張氏東都舊第；李商隱僅兩任校書郎，一任太學博士，本傳可考，而云臺儀自大夫以下至監察，通謂之五院御史，唐國歷五院者，惟李商隱、張延賞、温造三人，皆爲失實。要之瑕不揜瑜，固不以一二小節廢矣。

周中孚鄭堂讀書記卷五十六子部雜家

尚書故實　一卷說郛本。唐李綽撰。綽字肩孟，趙郡人。四庫全書著録，一名尚書譚（談）録，見晁、陳書目。新唐志雜傳記類、崇文目傳記類、讀書志小説、書録解題小説類、通考小説、宋志傳記類俱載之。宋志上有「張」字，又重載於小説類，注云「綽」一作繡（綽），實一作事」。按兩宋諸家俱作李綽尚書故實，又無「張」字，則宋志增一「張」字，并所注云云，皆誤矣。況兩處重出之，不知刊落乎？前有自序稱：「賓護尚書河東張公，三相盛門，四朝雅望，博物自同於壯武，多聞遠邁於咠臣。綽避難圃田，寓居佛廟，叨遂迎塵，每容侍話。凡聆徵引，必異尋常，遂集尤異者，兼雜以詼諧十數節，作尚書故實云。」新唐志、崇文目皆云尚書即張延賞，晁、陳兩家俱不以爲然，是也。其書凡七十九條，多記雜事，兼徵古義，援據博洽，頗有可采。其體例與韋文明劉賓客嘉話録相近，但韋氏書全然小説家言耳。續秘笈亦收入之。

余嘉錫四庫提要辨證卷十五子部雜家類

唐李綽撰。綽仕履未詳。考新唐書宰相世系表，趙郡李氏南祖之後，有名綽字肩孟者，爲吏部侍郎舒之曾孫，書中自稱趙郡人，或即其人歟？是書宋史藝文志凡兩載之，一見史部傳記類，一見子部小説類，而注其下云「綽」一作「緯」，「實」一作「事」。今案曾慥類説所引亦明標李綽之名，則作「緯」者誤矣。

嘉錫案：勞格唐郎官石柱題名考卷十九於禮部郎中内補李綽云，新表趙郡李氏南祖房，吏部侍郎紓曾孫，寬中子綽，字肩孟。舊昭宗紀龍紀元年十一月己丑朔，將有事於圜丘。辛亥，上宿齋於武德殿，宰相百寮朝服于位。時兩軍中尉楊復恭及兩樞密皆朝服侍上，太常博士錢珝、李綽奏論之，至晚不報。石刻升僊廟興功記，尚書禮部郎中賜緋魚袋李綽撰。原注：乾寧四年正月。錢氏大昕跋曰：陳直齋題膳部郎中，按禮祠客膳，雖云同署，而禮部爲頭司，餘爲子司，資望不等。綽於乾寧四年已官禮中，更閱十有餘歲，至開平二年，何以轉題膳部，恐直齋誤記，抑或中遭罷斥，而更敘復乎？

新書藝文志原注：丙部子録農家類。李綽秦中歲時記一卷，直齋書録解題案：見卷六時令類。秦中歲時記一卷，唐膳部郎中李綽撰。綽別未見，此據中興書目云爾。其序曰：「緬思庚子之歲，洊周戊辰之年。」庚子，唐廣明元年，戊辰，梁開平二年也。又曰：「偶思昔年皇居舊事，絶筆自歎，横襟出涕。」然則唐之舊臣，國亡之後，傷感疇昔，而爲此書也。余案綽與錢珝争内官朝服助祭事，蓋亦忠直之士，故國亡君死後，能守西山之介，不肯臣伏於賊。其歲時記自序，有感於庚子、戊辰兩年者，因廣明元年，黄巢入西京，秦中自此殘破，而天下之事，亦遂魚爛而不可救，陵夷以至開平二年，朱温弑昭宣帝，李氏遂絶，尤唐之臣子痛心之時也。其敘秦中舊事爲書，亦詩人黍離之意云爾。郡齋讀書志卷十二農家類曰：「輦下歲時記一卷，唐李綽撰。綽經黄巢之亂，避地蠻隅，偶記秦地盛事，傳諸晚學云。」避地蠻隅云云，亦必綽自序中語，但晁氏謂綽經黄巢之亂而避地則誤。方巢破兩京時，綽雖亦嘗避難，然龍紀元年以後，復官京曹，未嘗竟客蠻隅，此必朱温篡弑之時，綽棄官逃去，始有此語。夫以文詞泛言之，楚粤之間，皆可謂之蠻隅，不知綽所適爲何地，然惟湖湘以南，於義爲協。宋史卷四百三十九文苑朱昂傳云：「梁祖篡唐，父葆光與唐舊臣顏蕘、李濤數輩，挈家南渡，寓潭州。每正旦夕至，必序立南嶽祠前，北望號慟，殆二十年。後濤北歸，葆光樂衡山之勝，遂往家焉。」綽之志節，與蕘輩同，或亦其中之一人。蕘等事蹟不甚著，遠不如司空圖、韓偓之煊赫，然猶見於紀載，綽則聲華闃寂，使非歲時記幸經著録，幾無從考其仕履，亦足悲矣。然渴不飲盜泉水，志士之苦心則然，彼豈求知於後世哉！吾輩讀古人書，論其世以知其人，固不可不表彰之耳。此書自新唐志傳記類、崇文總目、讀書志、書録解題、紺珠集皆作李綽撰，不獨曾慥類説爲然，則宋志謂「綽」一作「緯」者，自是誤字，不足據也。

自序稱，賓護尚書張公，三相盛門，博物多聞。綽避難圃田，每容侍話，凡聆徵引，必異尋常，遂纂集尤異作此書。蓋皆據張尚書之所述，惟張尚書不著其名。新唐書藝文志沿崇文總目之譌，以張尚書爲即延賞，晁公武、陳振孫已斥其誤。然書中稱嘉貞爲四世祖，又稱嘉祐爲高伯祖，則所謂張尚書者，當在彦遠、天保、彦修、曼容諸兄弟中。其文規、次宗乃宏靖子，於嘉貞爲曾孫，不可稱高祖，振孫乃皆以其不登八座爲疑，亦非也。觀其言賓護移知廣陵，又言公除潞州旌節，則必嘗爲揚州刺史、昭義節度使者。當以史於天保諸人下略其官位，遂致無可考耳。

案：張尚書之爲何人，凡有數説。新唐志及郡齋讀書志卷十三引崇文總目，均謂尚書即張延賞，本書云：「公平康里宅，乃崔司業融舊第，有司業題壁處猶在。」太平廣記卷二百十四引作張弘靖平康里宅，宋敏求長安志卷八亦云：「平康坊太子賓客分司東都張弘靖宅，本國子司業崔融舊第，有融題壁處。」則不以爲延賞，而以爲弘靖。讀書志云：「案其書稱嘉貞爲四世祖，疑非延賞也。」書録解題卷十一云：「弘靖盧龍失御，貶賓客分司。綽唐末人，未必及弘靖。弘靖之後文規、次宗、彦遠，皆不登八座，未詳所謂。唐志即以爲延賞，尤不然。」是此兩説，已爲前人所駁，且二人官爲宰相，爵至公侯，亦不得稱尚書，其爲紕繆，顯然可見。本書又曰：「公云牧弘農日，捕獲伐墓盜十餘輩。」廣記卷四百二引作張文規牧弘農日云云，則又以爲尚書即文規也。此由廣記編纂，不出一手，故前後矛盾。考舊書張延賞傳，弘靖子文規，官至右散騎常侍，兼御史中丞、桂管都防禦觀察使，不言曾官尚書，新書張嘉貞傳亦不書。然文規子彦遠作法書要録序，實稱先君尚書，不得以史官所追記，疑其家嗣之自敘，文規之稱尚書，疑是身後贈官，則史臣所書，亦未爲失。陳振孫以爲文規未登八座者非也。三説之中，以此説差爲有據，然考其事實，亦殊未合。本書曰：「盧元公好道，重方士，有王谷者，得黃白術，變瓦礫泥土，立成黃金。賓護時在相國大梁幕中，皆目睹之。」元公者，盧鈞謚也。舊書鈞傳，大中初爲汴州刺史、宣武軍節度使，賓護在其幕中，不過判官掌書記之流。而延賞傳云文規歷拾遺、補闕、吏部員外郎，開成三年十一月右丞韋温彈劾文規：「長慶中，父弘靖陷在幽州，文規徘徊京師，不尋赴難，不宜塵汙南宮，乃出爲安州刺史。」嘉泰吴興志卷十四郡守題名云，張文規會昌元年七月自安州刺史授，遷國子司業。由是言之，則文規在開成間已入官臺省，出典方州，逮至大中紀元，將及十稔，豈有翻居幕職之理，不合一也。綽自序云：「綽避難圃田，寓居佛廟，叨遂仰塵，每容侍話」云云，蓋與張尚書同避難時所記也。鄭州中牟縣，隋名圃田縣，有圃田澤在縣西北七里。見元和郡縣志卷八。唐自朱泚平後，黄巢未起以前，天下未嘗有大難，東西兩都尤安若覆盂，河東張氏有宅在西都平康里見前，東都思順里見新舊傳，苟非兩都危急，何爲避處圃田？此必廣明元年十一月黄巢陷東都之時，綽及賓護倉皇逃出，以中牟西距洛陽三百餘里，足以避其鋒，而東去汴州纔百餘里，里數均據元和志計算。宣武大軍所在，可藉以自壯，故暫居於此，以觀其變。此時不但延賞、弘靖已死數十年，即文規亦不及見也，何以言之？彦遠歷代名畫記卷一敍畫之興廢篇末題大中元年歲在丁卯，而其卷三敍甘露寺壁畫云：顧畫維摩詰，「大中七年，今上因訪宰臣此畫，遂詔壽州刺史盧簡辭求以進。」卷十李仲和傳中亦有今相國令狐公之語，令狐綯大中四年拜相，十三年罷。是其書之成，不出宣宗之世。法書要録雖不著時代，而名畫記卷二云：「今彦遠又别撰集法書要録，共爲二十卷。」則二書乃同時所作，其自序中已稱先君尚書，是文規之卒，必在大中以前，下距廣明元年尚二三十年，安得與李綽同避黄巢之難乎？不合二也。此書之所謂張尚書，固當是彦遠諸兄弟，然亦絶非彦遠，蓋彦遠字愛賓，不字「賓護」。新傳言彦遠乾符中至大理卿，考之舊書僖宗紀，在乾符二年，其四年即書以殷僧辯爲大理卿，則彦遠或即卒於是時，未嘗官至尚書也。「賓護」不知何人之字，似與天保之義爲近，曾慥類説卷四十五引作「護賓」，似得其實。提要所舉然名畫記卷十彦遠諸兄弟,乃據新書宰相世系表言之,表尚有彦回字幾之,茂樞字休府二人。書中稱嘉貞爲有從兄監察御史厚,則其群從甚繁,不盡見於表,無以定知其爲何人也。若嘉祐四世祖,讀書志已引之,知宋本如此。此不但賓護自敘,即李綽亦所深知,必無譌誤。而以爲嘉貞之弟,當爲賓護高叔祖,而以爲高伯祖,張諗爲弘靖之弟,於賓護爲叔祖,而以爲尚書公之群從,此非傳寫之誤,即綽聽聞之未審,不可執以爲據也。

其書雜記近事,亦兼考舊聞。如司馬承禎、王谷、盧元公、尉遲迥、韋卿材、謝真人、淪落衣冠、章仇兼瓊、郭承嘏諸條,雖頗涉語怪,然如蘭亭敘入昭陵,顧長康畫清夜遊西園圖,謝赫李嗣真評畫、百衲琴、戴顒刻佛像、碧落碑、狸骨帖、寶章集、靈芝殿、佛教屬鬼宿、昌黎生改金根車、謝安無字碑、鄭虔三絶、顧况工畫諸軼事,皆出此書。而墓碑有圓空,德政碑不當有圓空一條,楊子華畫牡丹花已見北齊一條,晉書寒具一條,省試鶯出谷詩一條,杜牧未爲比部一條,王右軍書千字文一條,尤頗有考證。王楙野客叢書引據最爲博洽,而牡丹引楊子華事,天廚引西園圖事,又引其東方朔一條證山海經事,皆據爲出典。在唐人小説中,亦因話録之亞也。

案:河東張氏三代相門,窮極富貴,自嘉貞以下,並好購藏圖書,鳩集名迹,其子孫耳濡目染,自具家風。故此書所載,以談書畫者爲多,與彦遠所著法書要録、歷代名畫記,足以互相發明，成爲一家之學。如提要所舉諸條，蘭亭敘入昭陵，見要録卷三，何延之蘭亭記，武后令崔融爲王方慶撰寶章集序，見要録卷四唐朝敘書録及卷六述書賦下。李嗣真云：顧畫屈居第一，然虎頭又伏衛協畫北風圖，見名畫記卷五衛協傳，讀彦遠書，始知虎頭伏衛協，乃張氏語，非嗣真語也。太平廣記卷二百十四引此條有注云：「此圖嘗在韓吏部家。」亦與名畫記合。今本但有注云：「北風圖，毛詩義。」而無廣記所引語，蓋傳寫脱誤。謝赫歎伏曹不興所畫龍首，見名畫記卷四曹不興傳。李汧公斲琴，名響泉、逸韻，見名畫記卷一敘畫之興廢，但不言是百衲耳。鄭虔三絶，見名畫記卷九鄭虔傳，惟無柿葉學書事。顧況工畫，見名畫記卷十顧況傳，但要貌海中山是王默語，非況語，與是書小不同。晉書中寒具，即今之饊餅，名畫記作環餅，見名畫記卷二論鑒識收藏。夫古人一家之學，原是父子兄弟自相傳授，本不必分别爲何人之語，然彦遠著書，在李綽之前，提要謂以上諸條，始見此書，則不免知其一、不知其二矣。其他書中所言，如司馬承禎、李約、王廙、汲冢書、王内史帖、王僧虔、八分書、飛白書、書儈孫盈諸條，皆可與彦遠兩書互與印證，戴顒刻佛像、魏受禪碑、張懷瓘書斷之類，彼此不合，亦足以考異同，學者自可研討，無庸詳述也。

惟張宏靖蕭齋記，本爲李約作，原記尚存，而云蕭齋在張氏京都舊第；李商隱僅兩任校書郎，一任太學博士，本傳可考，而云臺儀自大夫以下至監察，通謂之五院御史，唐國案本書作國朝，提要改之，致不成詞。歷五院者，惟李商隱、張延賞、温造三人，皆爲失實。要之瑕不揜瑜，固不以一二小節廢矣。

按：弘靖記見法書要録卷三，題爲唐高平公蕭齋記總目作大父相國高平公蕭齋記，略云：「隴西李君約於江南得蕭子雲壁書飛白蕭字，與字俱載舟還洛陽仁風里第，遂建精室，陷列于垣，復本書之意，得遥覩之美。蕭齋之名，於此字俱傳矣。」不言以蕭字歸張氏，然歷代名畫記卷一云：「大父高平公與愛弟主客員外郎自注云：彦遠叔祖名諗。及汧公愛子纘、自注云：祠部郎中。纘弟約，自注云：兵部員外郎，字存博。更敘通舊，遂契忘言。遠同莊惠之交，近得荀陳之會。約與主客，皆高謝榮宦，琴尊自樂，終日陶然，士流企望莫及也。繇是萬卷之書，盡歸王粲；一廚之畫，惟寄桓玄。李兵部又於江南得蕭子雲壁書飛白蕭字，匣之以歸洛陽，授余叔祖，致之修善里第，搆一亭，號曰蕭齋。」是則李約所藏書畫及飛白蕭字，已於生前并歸之張諗矣。考元河南志卷一，修善坊在長夏門街之東第一街，而仁風坊在長夏門街之東第五街，相距雖不甚遠，實非一地。蓋弘靖所言仁風里第者，李氏宅也。彦遠所言修善里第者，張氏之宅也。兩第雖同有蕭齋，而蕭字已遷移異主矣。本書云：「兵部李員外約，汧公之子也。識度清曠，迥出塵表。與主客張員外諗同棄官，并韋徵君況案：宰相世系表，韋氏鄖公房，安石孫斌，子況，諫議大夫。牆東遯世，不婚娶，此謂李約耳。張諗有子師質，非不婚者。不治生業，李尤厚於張，每與張匡牀静言，達旦不寢，人莫得知。贈張詩曰：「我有心中事，不向韋二説。秋夜洛陽城，明月照張八。」二人之交情如此。約不娶無子，故舉平生所寶，悉以贈諗。此本書所以言子雲蕭字傳至張氏，賓護東都舊第有蕭齋也。據兩唐書傳，張氏舊第，在東都思順里，號三相張家。考之河南志，修善坊之北，即思順坊，正相毗連，然則張諗之第，亦即延賞之第，以其盛麗駕都城本傳語，緜亘兩坊之閒，故兄弟同居，而門户各別耳。傳言子孫五代，無所加工，宜其傳至賓護，猶居於此也。但名畫記於蕭齋下自注云：「王涯相倚權勢負之而趨，太和末爲亂兵所壞」，是當賓護之時，蕭齋雖存，而字則亡矣。此書不言其存壞，蓋賓護語焉不詳耳。館臣作提要時，偶然檢及法書要録而忘卻名畫記，遂以爲失實。夫人自言其家庭之事，已非外人所能置喙，況生千餘年後，據其所知，以疑所未知，而以彼所自言者爲不足信，不亦大可笑乎！李商隱誠未官御史，然朱勝非紺珠集卷三引此作李尚隱，今本蓋淺人但知有李義山，遂妄改爲商。唐才子傳卷七李商隱傳曰：「出爲廣州都督，人或袖金以贈，商隱曰：吾自性分不可易，非畏人知也。」亦誤以尚隱事爲商隱。舊書良吏李尚隱傳云：「尚隱景龍中新書卷一百三十本傳，作神龍中爲左臺監察御史，自殿中侍御史新傳不書此官出爲伊闕令，累遷御史中丞，代王鉷新傳作王丘爲御史大夫。」尚隱歷踐五院，本傳敘事，偶略去侍御史一院耳。提要不知爲傳刻之誤，而以爲作者之疵瑕，不可謂之善思誤書也。

參考文獻

班固 漢書 中華書局點校本
劉昫等 舊唐書 中華書局點校本
薛居正 舊五代史 中華書局點校本
歐陽脩、宋祁等 新唐書 中華書局點校本
脱脱等 宋史 中華書局點校本
韓愈 順宗實録 馬其昶韓昌黎文集校注 上海古籍出版社一九八六年版
司馬光 資治通鑑 中華書局點校本
吴任臣 十國春秋 中華書局一九八三年版
林寶 元和姓纂 岑仲勉元和姓纂四校記 中華書局二〇〇八年版
勞格、趙鉞 唐尚書省郎官石柱題名考 中華書局一九九二年版
樂史 楊太真外傳 李劍國編宋代傳奇集 中華書局二〇〇一年版
吴廷燮 唐方鎮年表 中華書局一九八〇年版
談鑰 吴興志 宋元方志叢刊本 中華書局一九九〇年版

杜佑　通典　中華書局點校本

鄭樵　通志　王樹民通志二十略　中華書局一九九五年版

馬端臨　文獻通考　中華書局一九八六年影印版

王溥　唐會要　牛繼清唐會要校證　三秦出版社二〇一二年版

王堯臣等　崇文總目　國學基本叢書本

晁公武　郡齋讀書志　孫猛郡齋讀書志校證　上海古籍出版社一九九〇年版

尤袤　遂初堂書目　涵芬樓説郛本

高儒　百川書志　古典文學出版社一九五七年版

毛扆　汲古閣珍藏秘本書目　士禮居叢書本

沈初等　浙江採集遺書總録　上海古籍出版社二〇一〇版

永瑢等　四庫全書總目　中華書局一九六五年影印版

阮元　文選樓藏書記　上海古籍出版社二〇〇九年版

周中孚　鄭堂讀書記　上海書店出版社二〇〇八年版

陸心源　皕宋樓藏書志　中華書局一九九〇年版

瞿鏞　鐵琴銅劍樓藏書目録　上海書店出版社二〇〇〇年版

沈德壽　抱經樓藏書志　中華書局一九九〇年版

繆荃孫　藝風藏書記　上海古籍出版社二〇〇七年版
王國維　傳書堂藏書志　上海古籍出版社二〇一四年版
余嘉錫　四庫提要辨證　中華書局一九八〇年版
歐陽脩　集古録　李逸安點校歐陽脩全集　中華書局二〇〇一年版
陳思　寶刻叢編　十萬卷樓本
張彥遠　法書要録　遼寧教育出版社一九九八年版
張彥遠　歷代名畫記　遼寧教育出版社二〇〇一年版
韋續　墨藪　文淵閣四庫全書本
郭若虚　圖畫見聞志　遼寧教育出版社二〇〇一年版
董逌　廣川書跋　津逮秘書本
劉餗　隋唐嘉話　中華書局一九七九年版
韋絢　劉賓客嘉話録　顧氏文房小説本
段成式　酉陽雜俎　中華書局一九八一年版
趙璘　因話録　上海古籍出版社一九七九年版
嚴子休　桂苑叢談　寶顔堂秘笈本
王定保　唐摭言　上海古籍出版社二〇一二年版

李昉等　太平廣記　中華書局點校本
吴淑　江淮異人録　正統道藏本
錢易　南部新書　中華書局二〇〇二年版
李上交　近事會元　叢書集成初編本
王讜　唐語林　周勛初唐語林校證　中華書局一九八七年版
曾慥　類説　文學古籍刊行社一九五五年影印本
朱勝非　紺珠集　文淵閣四庫全書本
吴曾　能改齋漫録　上海古籍出版社一九七九年版
徐應秋　玉芝堂談薈　文淵閣四庫全書本
顧起元　説略　文淵閣四庫全書本
涵芬樓説郛　説郛三種　上海古籍出版社一九八八年影印本
重編説郛（宛委山堂本）　説郛三種　上海古籍出版社一九八八年影印本
釋道世　法苑珠林　周叔迦、蘇晉仁法苑珠林校注　中華書局二〇〇三年版
張君房編　雲笈七籤　正統道藏本
蔡夢弼　杜工部草堂詩箋　古逸叢書本
顔真卿　顔魯公集　四部叢刊本
元稹　元稹集　周相録元稹集校注　上海古籍出版社二〇一一年版

王琦　李長吉歌詩彙解　三家評註李長吉歌詩　上海古籍出版社一九九八年版
周南　山房集　文淵閣四庫全書本
劉克莊　後村先生大全集　四部叢刊本
郭茂倩　樂府詩集　中華書局一九七九年版
董誥等　全唐文（陸心源　唐文拾遺）中華書局一九八三年影印本
張表臣　珊瑚鉤詩話　歷代詩話本　中華書局一九九〇年版
王灼　碧雞漫志　岳珍碧雞漫志校正　人民文學出版社二〇一五年版
胡仔　苕溪漁隱叢話　人民文學出版社一九九三年版
計有功　唐詩紀事　四部叢刊影印本
陶敏　全唐五代筆記　三秦出版社二〇一二年版
陶敏　唐代文學與文獻論集　中華書局二〇一〇年版
傅璇琮　唐代詩人叢考　中華書局二〇〇三年版
孟二冬　登科記考補正　北京燕山出版社二〇〇三年版
李劍國　唐五代志怪傳奇敘録　中華書局二〇一七年版
周勛初　唐代筆記小説敘録　周勛初文集第五卷　江蘇古籍出版社二〇〇〇年版
嚴傑　唐五代筆記考論　中華書局二〇〇八年版

唐宋史料筆記叢刊　書目

隋唐嘉話　朝野僉載
〔唐〕劉餗　〔唐〕張鷟
明皇雜録　東觀奏記
〔唐〕鄭處誨　〔唐〕裴庭裕
大唐新語
〔唐〕劉肅
唐語林校證
〔宋〕王讜
東齋記事　春明退朝録
〔宋〕范鎮　〔宋〕宋敏求
澠水燕談録　歸田録
〔宋〕王闢之　〔宋〕歐陽脩
龍川略志　龍川別志
〔宋〕蘇轍
東坡志林
〔宋〕蘇軾
默記　燕翼詒謀録
〔宋〕王銍　〔宋〕王栐
涑水記聞
〔宋〕司馬光
東軒筆録
〔宋〕魏泰
青箱雜記
〔宋〕吴處厚
齊東野語
〔宋〕周密
癸辛雜識
〔宋〕周密
邵氏聞見録
〔宋〕邵伯温
邵氏聞見後録
〔宋〕邵博

桯史
〔宋〕岳珂

游宦紀聞　舊聞證誤
〔宋〕張世南　〔宋〕李心傳

鐵圍山叢談
〔宋〕蔡絛

四朝聞見録
〔宋〕葉紹翁

春渚紀聞
〔宋〕何薳

蘆浦筆記
〔宋〕劉昌詩

鶴林玉露
〔宋〕羅大經

湘山野録　續録　玉壺清話
〔宋〕文瑩

泊宅編
〔宋〕方勺

老學庵筆記
〔宋〕陸游

西溪叢語　家世舊聞
〔宋〕姚寬　〔宋〕陸游

石林燕語
〔宋〕葉夢得　〔宋〕宇文紹奕考异

雲麓漫鈔
〔宋〕趙彦衛

鷄肋編
〔宋〕莊綽

清波雜志校注
〔宋〕周煇

建炎以來朝野雜記
〔宋〕李心傳

麟臺故事校證
〔宋〕程俱

師友談記　曲洧舊聞　西塘集耆舊續聞
〔宋〕李廌　〔宋〕朱弁　〔宋〕陳鵠

墨莊漫録　過庭録　可書
〔宋〕張邦基　〔宋〕范公偁　〔宋〕張知甫

侯鯖録　墨客揮犀　續墨客揮犀
〔宋〕趙令畤　〔宋〕彭□輯

北夢瑣言
〔五代〕孫光憲

南部新書
〔宋〕錢易

范成大筆記六種
〔宋〕范成大

容齋隨筆
〔宋〕洪邁

封氏聞見記校注
〔唐〕封演

開元天寶遺事　安禄山事迹
〔五代〕王仁裕　〔唐〕姚汝能

朝野類要
〔宋〕趙升

後山談叢　萍洲可談
〔宋〕陳師道　〔宋〕朱彧

愛日齋叢抄　浩然齋雅談　隨隱漫録
〔宋〕葉寘　〔宋〕周密　〔宋〕陳世崇

蘇氏演義（外三種）
〔唐〕蘇鶚　〔五代〕馬縞　〔唐〕李匡文
〔唐〕李涪

教坊記（外三種）
〔唐〕崔令欽　〔唐〕李德裕　〔唐〕鄭綮
〔唐〕段安節

丁晉公談録（外三種）

〔宋〕潘汝士　〔宋〕夷門君玉

〔宋〕孫升口述　〔宋〕劉延世筆録

〔宋〕孔平仲

奉天録（外三種）

〔唐〕趙元一　〔唐〕佚名　〔南唐〕尉遲偓

〔南唐〕劉崇遠

靖康緗素雜記

〔宋〕黄朝英

夢溪筆談

〔宋〕沈括

愧郯録

〔宋〕岳珂

錢塘遺事校箋考原

〔宋〕劉一清

曾公遺録

〔宋〕曾布

儒林公議

〔宋〕田況

雲溪友議校箋

〔唐〕范攄

嬾真子録校釋

〔宋〕馬永卿

王文正公筆録

〔宋〕王曾

王文正公遺事　清虚雜著三編

〔宋〕王素　〔宋〕王鞏

酉陽雜俎

〔唐〕段成式

新輯實賓録

〔宋〕馬永易

志雅堂雜鈔　雲煙過眼録　澄懷録

〔宋〕周密

大唐傳載（外三種）

不著撰人　〔唐〕張固　〔唐〕李濬　〔唐〕李綽

劉賓客嘉話録

〔唐〕韋絢

唐國史補校注

〔唐〕李肇

唐摭言校證

〔五代〕王定保

賓退録

〔宋〕趙與旹

北户録校箋

〔唐〕段公路　〔唐〕崔龜圖